**Amadou
L'étoile du Nord**

Aurélie Croiziers de Lacvivier

Amadou
L'étoile du Nord

Roman

Le code de la propriété intellectuelle interdisant copies et reproductions destinées à une utilisation collective, toute représentation, toute reproduction partielle ou intégrale faite par quelque procédé que ce soit, sans le consentement écrit de l'auteur ou de ses ayants cause est illicite (alinéa 1er de l'article L. 122-4) et constitue une contrefaçon sanctionnée par les articles 425 et suivants du Code pénal.

© *Aurélie Croiziers de Lacvivier, novembre 2021*
ISBN : 9782322401482

Édition : BoD – Books on Demand,
12/14 rond-point des Champs-Élysées, 75008 Paris
Impression : BoD - Books on Demand, Norderstedt, Allemagne

On est chez soi. Partout où s'étend le ciel on est chez soi. En tout lieu de cette terre on est chez soi, lorsqu'on porte tout en soi.

-Etty Hillesum, *Une vie bouleversée*

Prologue

Georges Floyd. Samuel Paty. Deux victimes de notre monde en crise. Deux tristes vigies de notre siècle. L'époque des colliers de fer est loin derrière nous et pourtant, en France, aux États-Unis et ailleurs, on tue encore au nom d'une religion et l'on meurt encore au nom d'une couleur.

L'actualité me force à m'exprimer enfin.

Dans ma tradition, les histoires, petites ou grandes, se content oralement. Mon parcours fut semé de tant d'embûches que j'ai peur de manquer de courage pour un jour vous le raconter. Alors je préfère ouvrir mon âme à cette page immaculée.

Je n'ai renié aucune des valeurs qui m'ont été transmises et je n'ai jamais trompé sciemment qui que ce soit. Pourtant, mon récit vous déroutera sans doute et j'espère que vous saurez le juger à la lumière des valeurs humanistes qui sont les vôtres.

Que cette histoire soit le terreau qui fasse de chacun de vous les acteurs du changement dont le monde a besoin.

I

Bamako – les faveurs.

Je suis né à Bamako, le jour de la mort de Modibo Keïta. Ce lundi de la saison chaude fut fort en émotions pour ma jeune maman.

Modibo Keïta était le premier Président de la toute fraîche République du Mali. Contrairement à ceux qui allaient lui succéder, il était apprécié par tout le peuple malien.

C'était lui qui avait nommé mon grand-père maternel Directeur de la première radio du pays, la fameuse Radio Soudan. Petite fille, Maman avait croisé plusieurs fois le grand homme et, des décennies après, elle me racontait encore comme il la faisait sauter sur ses genoux. Elle l'adorait.

Bien des années plus tard, alors qu'elle était grosse de neuf mois d'espoir d'un premier enfant, elle entendit sur son poste de radio grésillant la funeste nouvelle du décès du Président Keïta tant aimé. Le chagrin serrait sa gorge et ce fut à ce moment-là que je décidai de me manifester : sous le manguier de la cour, Maman perdit les eaux alors que les larmes inondaient ses joues. Depuis ce jour, elle est persuadée que je tiens persévérance et intelligence du grand homme non-aligné et panafricaniste.

Les premières années de ma vie furent heureuses. Maman, qui n'avait pas vingt ans à ma naissance, était un rayon de soleil. J'étais tout le temps fourré dans ses grandes robes. Tellement que mon père me disait souvent :

— Tu veux la manger ta mère, à être toujours accroché ainsi à elle ? Un musulman bien élevé n'adore qu'Allah.

Mon père avait toujours la tête plongée dans un livre ou un journal, ou bien il avait une oreille collée à son poste de radio à piles, et quand il levait les yeux sur moi, c'était pour me rabrouer. Il me faisait peur et je partais en courant à l'autre bout de la cour ou de la maison. Mais je me ressaisissais vite, car je savais que Maman serait là pour me consoler.

Nous vivions dans le quartier de Badalabougou, « la case près du fleuve », dans les habitations publiques réservées aux fonctionnaires d'État et à leur famille, construites à l'ère du premier Président du Mali. On entrait dans chacune de ces maisons en dur en traversant une large cour. Trois pièces se succédaient ensuite et l'on découvrait à l'arrière une autre petite cour de terre battue, avec les commodités où officiait la cuisinière. Ma grand-mère maternelle vivait avec nous et, austère et silencieuse, elle gardait toujours un œil sur le foyer qui ne devait jamais s'éteindre. Autant la cour de derrière était réservée aux femmes et aux habitants de la maison, autant la cour de devant était ouverte sur le monde. Le voisinage, les amis et la famille proche ou moins proche y défilaient chaque jour. Le manguier nous comblait de fruits à la saison chaude et nous offrait de l'ombre toute l'année. C'est sous cet arbre que Maman passait tout son temps quand elle ne travaillait pas à la Protection Maternelle et Infantile. Elle y officiait à mi-temps comme sage-femme. Jusqu'à mes six ans, je la suivais partout. Lors de ses cinq prières quotidiennes, qu'elle ne manquait sous aucun prétexte, je ne la quittais pas des yeux en restant sagement assis derrière elle.

Pendant ses consultations au travail, je restais avec les collègues de Maman qui se disputaient pour me cajoler. Souvent, comme il est coutume de le faire avec les jeunes enfants au Mali, les femmes d'âge mûr blaguaient pour savoir qui, parmi elles, serait ma future épouse :

— Tu cuisines trop mal pour être la future femme de notre chéri Amadou, un homme comme lui a besoin d'être bien nourri !

— C'est toi qui dis cela avec ton gros nez épaté ? Notre chéri, il a besoin d'une femme aussi belle que lui. Et ça, ça ne peut être que moi.

— C'est peine perdue les amies, je sais que ce qu'il lui faut, à Amadou, c'est une femme qui danse bien. Sans conteste, c'est moi !

Telles des fées penchées sur mon berceau, elles se disputaient pour m'offrir les meilleures faveurs.

Les dimanches étaient mes journées préférées. Maman avait hérité une habitude de son mélomane de père : elle payait quelques musiciens qui venaient jouer du dum-dum et des djembés devant notre cour. Ses amies et ses cousines arrivaient, alertées par le son qui portait dans tout le quartier, et des heures de danse et de musique se succédaient, souvent jusqu'à l'appel du muezzin au crépuscule. Des déambulations en forme de ronde, des cercles laissant quelques téméraires danseuses s'exprimer en solo, beaucoup de rires et de bienveillance, ces moments étaient toujours joyeux. C'étaient aussi les uniques instants de la semaine où les femmes pouvaient s'exprimer dans la liberté de leur corps, qu'elles soient tout en haut ou tout en bas de l'échelle sociale. Avec les cousins, et surtout les cousines, de mon âge nous formions aussi des cercles où nous nous amusions à imiter qui les musiciens avec des branches d'arbre en guise de baguettes, qui les danseuses et leurs subtils déhanchés, en nous lançant des paris qu'aucun de nous ne voulait refuser.

J'aimais aussi les jeudis soirs. La veille du jour sacré chez les musulmans, ma mère aidait la cuisinière à préparer une généreuse soupe à base de haricots blancs qui avait mijoté toute la journée dans l'immense marmite noire de suie. Les enfants du quartier qui n'avaient pas la chance d'avoir une mère comme la mienne arrivaient avec leur casserole toute cabossée et ramenaient chez eux l'odorante pitance. La queue dépassait largement notre cour et j'y apercevais souvent des camarades de jeux. Ce rendez-vous avait été créé par ma mère un an avant ma naissance, juste après son mariage.

— Les enfants des autres, ce sont aussi mes enfants ! répétait-elle chaque semaine.

Maman se réjouissait de voir les gamins de la rue rassasiés pour un soir, eux qui allaient si souvent le ventre vide.

Mes oncles et tantes disaient que j'étais le portrait craché de mon père. Le même teint clair, typique de l'ethnie sonrhaï du nord du Mali, les mêmes yeux en amande, qui me vaudraient plus tard le surnom de « Chinois » dans tout Badalabougou et, surtout, la même mémoire. Il suffisait qu'on me dise quelque chose une seule fois pour que je l'enregistre. Alors que je n'avais pas cinq ans, je pouvais rapporter mot pour mot une conversation ou un texte que l'on m'avait dit des semaines auparavant. Je connaissais déjà de nombreux versets du Coran : même si je n'étais pas allé à l'école coranique où étudiaient principalement les enfants défavorisés, je mémorisais les psalmodies que les adultes récitaient devant moi.

C'est d'ailleurs cette raison que mon père invoqua au moment de m'envoyer chez sa propre mère, vivant depuis toujours à Gao, à plus de mille kilomètres au nord de Bamako.

— C'est maintenant que sa mémoire est la plus fertile, il faut qu'il passe du temps aux côtés des anciens pour apprendre notre culture et notre langue. C'est comme ça que l'on fait depuis toujours chez les Sonrhaïs... S'il passe toute son enfance à Bamako, il ne connaîtra que le bambara et les jupes de sa mère.

Maman ne s'opposait à aucune de ses décisions. Quoi que mon père décidât, elle le suivait. Si elle n'était pas d'accord, elle se disait, comme elle me le répéta si souvent pendant ma jeunesse : « À quoi bon s'opposer à ton père ? L'homme propose et Allah dispose. » Plus d'une fois je ne compris pas cette attitude, mais je la respectais trop pour m'opposer à elle.

Avec le recul qui est aujourd'hui le mien, je comprends mieux mon père. La parentalité est tout sauf aisée, et rien ne peut assurer à un parent qu'il prend les bonnes décisions pour ses enfants. Ce n'est qu'avec le temps et le recul qu'un père ou une mère peut mesurer les conséquences de ses choix.

Même si, du haut de mes six ans, je ne compris pas la décision de mon père, c'est ainsi que je partis pour un long voyage en autocar pour une région que je ne connaissais pas. J'allais passer une année entière loin de Maman, une année entière à Gao.

Gao – l'enfant gâté.

Je m'étais endormi pendant les longues heures de bus cahotant me menant de Bamako à l'ancienne capitale caravanière. Mon père et moi, nous arrivâmes chez ma grand-mère juste avant le crépuscule. Émergeant d'un lourd sommeil, j'aperçus alors d'immenses dunes au loin, derrière les dernières maisons de la ville. À Gao, les sables du désert n'étaient jamais loin des eaux du fleuve Niger. Je me rappelle mon premier éblouissement ressenti face à l'immensité du Sahara. Le vent avait tracé des arabesques de sable qui s'étiraient dans les couleurs du soleil couchant.

Cet émerveillement laissa rapidement place à une profonde incompréhension. Hébété par la route sans fin, sans repère, j'étais effrayé par les sons sortant de la bouche de ma grand-mère paternelle, que je voyais pour la première fois de mon existence : elle ne parlait ni le bambara, la langue nationale du Mali, que je parlais depuis toujours avec Maman, ni le français académique que m'apprenait mon père depuis ma naissance. Ce dernier était parti régler des affaires ailleurs en ville. Il ne revint que quelques heures le lendemain, avant de reprendre le long périple retour vers Bamako. Je me retrouvai seul à Gao.

Ma grand-mère paternelle était une femme sévère. Tout le monde l'appelait Dad'dy, surnom signifiant « la clairvoyante » ou « l'aînée », et qui était un grand signe de respect chez les Sonrhaïs. Je l'ai toujours connue seule. Son mari, d'ethnie sarakolé, était déjà reparti faire des affaires plus loin, de l'autre côté du fleuve, au Niger. Je ne le sus que plus tard, mais Dad'dy était divorcée de longue date et avait toujours assumé seule l'éducation de mon père.

Quand je vins vivre à ses côtés à Gao, elle marchait droite comme un i malgré un âge avancé que je ne sus deviner, enroulée dans de nombreux voiles foncés qui jamais ne la quittaient. Le teint caramel de son visage était assombri par des tatouages noirs qui coloraient ses lèvres et les petites scarifications barrant chacune de ses tempes. Je l'appris au détour d'une conversation bien des années plus tard : ces tatouages étaient réalisés sur les petites filles avec un mélange d'arachides écrasées et de charbon, on les initiait ainsi aux beautés des femmes. Jamais ma grand-mère n'aurait osé me délivrer un tel secret, qui devait être gardé uniquement par des femmes.

En société, Dad'dy souriait rarement. Elle vivait recluse, avec Haby, une adolescente orpheline qu'elle élevait comme une nièce et qui l'aidait à entretenir sa maison. Je ne voyais le sourire de ma grand-mère se dessiner que quand son visage se penchait sur moi.

Je me liai rapidement avec Haby, qui se débrouillait en bambara et m'aida à comprendre ce qui se passait autour de moi. Quelques semaines après mon arrivée, alors que nous étions tous les deux seuls en train de balayer la cuisine, elle se confia :

— Tu en as de la chance, Petit Bambara, commença-t-elle en utilisant ce surnom pour me taquiner.

— Hm, pour quelle raison ? répondis-je d'une moue vexée, en interrompant ma corvée.

— Je n'ai jamais vu Dad'dy aussi heureuse que depuis que tu es venu vivre avec nous, elle n'a des sourires que pour toi. Avant ton arrivée, en deux ans à ses côtés, je ne l'ai vu sourire que de rares fois, quand elle avait des nouvelles de ta famille ou de ton père. Mais là, dès qu'elle parle de toi, c'est comme si elle était en train de se délecter de lait de chèvre fraîchement trait.

À Gao, le lait frais était à l'époque considéré comme l'une des meilleures boissons.

— C'est peut-être parce que c'était ta présence à toi qui ne lui faisait pas plaisir, la taquinai-je en retour.

Un voile de tristesse passa dans les yeux d'Haby, que je ne compris pas tout à fait du haut de mes six ans. Je ne savais pas quelle était l'histoire de cette orpheline et je l'avais visiblement touchée. Elle mit fin à notre discussion pour se remettre au balayage de la cuisine :

— Petit enfant gâté né avec une mamelle de chèvre dans la bouche ! Tu ne sais pas apprécier la qualité des personnes qui t'entourent.

Habitué à vivre avec des femmes qui m'adoraient depuis toujours, je ne trouvais là en effet rien d'étrange... La vie m'apprit par la suite que ce n'était pas la norme : depuis mon plus jeune âge, Maman et Dad'dy m'avaient couvert d'un amour aussi inconditionnel que rare.

Je passai mes premières journées à Gao à découvrir les coins et recoins de la ville rouge, la jeune Haby étant missionnée pour me chaperonner. La poussière du Sahara s'infiltrait partout, y compris dans les vastes rues de la vieille ville. Ce quartier historique, qui abritait la plupart des constructions en banco mêlé de bois de Gao, était un enchevêtrement dans lequel j'appris peu à peu à me repérer. À mes yeux d'enfant, les ânes et les dromadaires étaient plus fascinants que l'entrelacs de maisons basses et cubiques, d'échoppes d'épices et de mosquées. Le reste de la ville était un curieux mélange de tentes touaregs, d'enclos à bestiaux et de quelques maisons en dur plus récentes, dont celle de ma grand-mère. Entouré de son affection et de l'amitié d'Haby, j'appris rapidement à comprendre les codes du nord du pays et la langue sonrhaï, qui était parlée par la majorité des habitants de Gao. Et, même si tout le monde m'appelait le « Petit Bambara », je pus rapidement me faire des amis dans notre quartier et au-delà.

Mon quotidien se partageait entre la classe et l'école buissonnière. Au bout de quelques journées, je réussis à convaincre Dad'dy de me laisser aller à ma guise sans ma chaperonne, toute aimable qu'elle fût. Je partais souvent sur les rives du fleuve Niger. Les gamins qui vivaient là depuis toujours étaient curieux du Petit Bambara et m'apprirent leurs jeux ainsi que leurs techniques de pêche. Ils me montrèrent aussi leurs endroits secrets pour se baigner. D'autres après-midis, je m'aventurais dans les dunes que je pouvais rejoindre à pied depuis notre maison. J'adorais y gambader, sauter et m'enfoncer dans le sable fin et doux, y dégoter des margouillats. Souvent je me faisais offrir un thé à la menthe dans l'une ou l'autre des tentes qui s'installaient pour quelques jours ou semaines entre deux dunes. Parfois c'était de l'eau conservée dans des outres de peau de chèvre que l'on m'y proposait. Jamais depuis je n'ai goûté d'eau aussi fraîche que celle-ci.

Mon père m'avait envoyé chez sa mère par respect de la tradition Sonrhaï, où l'enfant premier-né doit être élevé par ses grands-parents quelques années pour apprendre les traditions, le plus souvent à la dure. Ce ne fut pas le cas pour moi, Dad'dy était en permanence aux petits soins. Elle ne me parlait qu'en sonrhaï, et j'appris bientôt à lui répondre. Elle ne voulait jamais déléguer mes soins à Haby et elle me donnait le bain elle-même chaque soir. Toutes les deux semaines, elle s'occupait de mes cheveux. En arrivant à Gao, des boucles blondes souples entouraient mon visage et ma grand-mère ne les supportait pas : trop belles à son goût, elle avait peur qu'elles m'attirent la jalousie des autres mères, et leur inévitable mauvais œil. Elle me rasait méticuleusement le crâne d'une lame tenue de sa main ridée mais ferme en récitant des versets du Coran.

Dad'dy me gâtait beaucoup. Non seulement elle me laissait gambader tous les après-midis dans la nature mais, les matins d'école, elle s'arrangeait pour se faufiler près de la fenêtre de ma classe et me tenir compagnie. Je la soupçonne aujourd'hui d'avoir voulu vérifier qu'aucun maître n'osait toucher le moindre de mes cheveux, alors que les corrections physiques étaient monnaie courante à l'époque. Les matins, elle m'amenait les meilleurs goûters qu'elle connaissait : du poisson pêché aux aurores qu'elle faisait frire, ou du lait trait le matin même et spécialement préparé pour moi.

Dad'dy s'occupa tellement bien de moi qu'elle réussit le miracle de me faire oublier l'absence de ma mère bien-aimée. À Gao, chacune de mes heures fut heureuse : si j'avais su quel serait mon destin pour les années suivantes, sans doute aurais-je profité plus encore de chaque instant de cette enfance bénie.

Bamako – les apprentissages.

Arrivé à Gao à l'âge de six ans, j'y avais débarqué totalement perdu, et une année plus tard, alors que je me déracinais à nouveau pour revenir vivre à Bamako, je pleurai en quittant ma grand-mère. Je venais de passer une part importante de ma courte vie à jouer au bord du fleuve Niger ou entre les dunes, à me faire gâter par ma grand-mère adorée Dad'dy et par sa compagne Haby, qui m'avait pris sous son aile. Personne n'avait le droit de m'importuner ou même de lever la voix sur moi, sous peine de connaître les foudres de Dad'dy. Et surtout, je ne le mesurais évidemment pas à l'époque, mais cette année loin de chez mes parents, passée à parler une autre langue que celle de ma mère et à côtoyer d'autres mœurs, allait me donner un cadeau précieux : le goût des langues et de l'aventure pour toute ma vie… Mais de cela, j'aurais bien le temps de vous en reparler plus tard.

Je revins vivre à Bamako en 1984 pour reprendre mon quotidien et ma scolarité où je les avais laissés, dans le quartier de Badalabougou, près de ma mère tant aimée. Au grand désespoir de mon père, l'année à Gao n'avait pas distendu nos liens. À mon retour, alors que nous ne nous étions pas parlé pendant une année complète, elle et moi étions toujours aussi proches. Maman ne me le confia que bien plus tard, mais lors de cette séparation juvénile, elle avait pleuré tous les soirs en cachette en pensant à son unique fils, loin de chez elle. Et c'est d'ailleurs quand je revins qu'elle réussit à tomber de nouveau enceinte. Elle qui voulait être une mère de famille nombreuse, elle n'avait pas réussi à avoir de second enfant, mon absence lui causant peut-être trop de chagrin. Ma petite sœur Aya arriva moins d'une année après mon retour. J'étais ravi à l'idée de cette nouvelle vie qui nous rejoindrait Maman et moi. Par contre, la vue de mon père me faisait encore plus peur qu'avant : dès qu'il passait la porte de la maison, je courais me cacher en pleurant.

Aujourd'hui encore, alors que je rédige ces lignes, je n'arrive toujours pas à comprendre comment nous avons pu manquer à ce point les débuts de notre relation. J'en ai la conviction désormais, mon père aurait souhaité que ce soit différent.

Mon père vivait avec nous à Bamako, mais il était la plupart du temps dehors. Son travail dans une ambassade asiatique l'occupait beaucoup. Même les jours chômés, il passait le plus clair de son temps à l'extérieur de la maison. Je ne crois pas qu'il rendait des comptes à ma mère sur ses sorties intempestives et, ce qui est sûr, c'est qu'il n'en rendit jamais aucun à ses enfants.

Mon rythme de vie enfantine reprit. Les dimanches dansés avec les amies de Maman et les femmes du quartier, les jeudis soirs et le rituel de la soupe pour les enfants de la rue, ma grand-mère maternelle, discrète mais toujours présente près de la cuisine et, comme à l'accoutumée, beaucoup de proches de Maman qui passaient à la maison.

Je fus inscrit en seconde année à l'école publique du quartier, l'école fondamentale de Badalabougou. Personne ne venait veiller sur moi depuis le bord de la fenêtre, comme le faisait Dad'dy, ni m'amener de délicieux goûters, mais j'étais loin d'être malheureux pour autant. L'année passée à Gao m'avait forgé un caractère espiègle et, à mon retour à Bamako, j'étais la coqueluche de ma classe. Les petits garçons voulaient tous être mes compagnons de jeu, et les petites filles, si elles se moquaient parfois de moi, aimaient bien quand je les taquinais. Cet engouement était aussi lié au fait que j'avais d'excellents résultats scolaires, ce qui forçait l'admiration et le respect de mes camarades de classe.

Chaque matin, nous assistions à la cérémonie de lever de drapeau, qui était suivie par l'hymne national chanté en chœur par tous les élèves. Nous nous tenions tous debout en rangs serrés et il ne serait venu à aucun de nous l'idée de moufter ou de rigoler pendant les couplets en l'honneur de notre nation « À ton appel Mali, Pour ta prospérité, Fidèle à ton destin, Nous serons tous unis, Un peuple, un but, une foi, Pour une Afrique unie… ». Chaque enfant du Mali ayant été à l'école dans les années 1980 connaît l'hymne national jusqu'à son dernier mot.

C'était ensuite l'heure de l'éducation physique et sportive pour tous les élèves, et pour moi le meilleur moment de la journée. C'était là où j'excellais d'imagination pour faire des blagues à mes amis, dont plus d'un se retrouva régulièrement les fesses à l'air par ma faute. Ils ne m'en tinrent pas rigueur, puisque certains d'entre eux restèrent longtemps mes amis, dont Flani, avec qui je partageai presque toutes mes années d'école primaire. Flani et moi étions chanceux : dans notre classe, nous étions une trentaine d'élèves environ. Ceux dont les parents n'avaient pas les relations ou suivaient de moins près la scolarité de leurs rejetons se retrouvaient jusqu'à cent têtes par classe, pour un seul professeur…

Deux fois par semaine, ma classe partait dans des champs situés à quelques centaines de mètres de notre école. C'était l'heure de l'initiation à l'agriculture et du jardinage. Les terres étaient prêtées à l'école par l'État et, si le directeur de l'école gardait pour lui la moitié des récoltes, c'était pour nous des moments de réel apprentissage, mais aussi de liberté, car nous pouvions discuter plus que de coutume avec nos camarades.

Notre rythme scolaire était assez soutenu : nous étions à l'école du matin au soir, six jours sur sept. Heureusement, nous avions droit à dix minutes de pause toutes les deux heures. Pour vingt-cinq francs CFA, nous pouvions alors nous régaler de petits beignets de haricots rouges écrasés et frits, préparés par l'une des nombreuses vendeuses de rues qui s'installaient en face de l'école fondamentale.

Mais les pauses étaient aussi pour moi synonymes de disputes : si j'étais apprécié par les camarades de ma classe, mes relations avec les autres enfants de l'école n'étaient pas aussi simples. Alors qu'à Gao, le surnom « Petit Bambara » m'avait été donné avec bienveillance et que, pas une fois, la différence de langue ou d'éducation n'avait posé un problème dans mes relations avec les autres enfants, je me souviens précisément du jour où j'ai pris conscience de ma couleur, à Bamako, l'année suivant mon retour.

Ce n'était que la troisième semaine de classe. La cloche de la récréation du matin venait de sonner. Ce jour-là, Maman m'avait préparé une gamelle contenant un sandwich avec une omelette à sa façon, pleine de légumes et de fines herbes, comme je l'adorais. Mon sandwich fait-maison attira les convoitises de mes camarades de récréation, qui, pour beaucoup, passeraient la journée le ventre vide :

— Qu'est-ce qu'il y a dans ton sandwich sale Nordiste ? m'interpela Ousmane, un grand de trois classes mon aîné.

Je lui tournai le dos en guise de réponse.

— Les Touaregs je suis sûr qu'ils ne mangent pas ou qu'ils ne boivent pas comme nous, les civilisés de Bamako. Y a qu'à voir la couleur de leur thé, il est clair comme de la pisse. J'en suis sûr, sale Nordiste, quand t'étais chez toi dans le nord, tu buvais la pisse de ta grand-mère.

C'en était plus que je ne pouvais supporter. Je me retournai et fonçai tête la première dans le bas-ventre d'Ousmane. Mon plus jeune âge fut un atout : j'étais à la hauteur de ses parties sensibles et la douleur le projeta à terre. Un cercle d'enfants que je ne connaissais pas se forma autour de nous et les cris fusèrent de part et d'autre : « Vas-y Ousmane, relève-toi et mets la pâtée au Nordiste, il verra que sa place n'est pas ici ! » « Casse-toi sale Nordiste ! »

Ces mots pleins de haine firent bouillir mon sang plus encore et j'allais sauter à la gorge d'Ousmane, quand le directeur de l'école vint nous séparer.

Je m'en sortis avec des égratignures au visage et Ousmane avec un pantalon déchiré.

Quand nous lui eûmes donné tous deux notre version des faits, le directeur décida de ne pas prévenir nos parents : pour lui, les dires d'Ousmane n'étaient pas vraiment graves et, si j'avais été vexé par ces mots, il supposait que je m'en sortais bien en évitant les remontrances paternelles, qui ne manqueraient pas d'arriver si mes parents étaient convoqués. Pour nous punir équitablement, Ousmane de sa petite « provocation » et moi de ma réaction impulsive, nous reçûmes un même châtiment corporel. Nous dûmes rester agenouillés sur une règle une bonne partie de la matinée.

C'est ce jour-là précisément que je pris conscience de ma couleur : mon teint clair pouvait déplaire à certains enfants au teint plus foncé. Sans avoir les mots pour le nommer, je connus cette première expérience du racisme, alors que je n'avais pas huit ans.

Par la suite, d'autres enfants continuèrent à me traiter de « sale Nordiste », à singer les traditions des Touaregs ou des Sonrhaïs, ou à me poser des questions incongrues sur les manières de vivre des gens du nord. Il fallut quelques coups de poing, et surtout la réputation de mes bons résultats scolaires, pour qu'on me laisse enfin en paix. À l'époque, on courait derrière les jeunes enfants qui brillaient, ils étaient loin d'être considérés comme des flagorneurs. Les insultes à propos des Nordistes finirent par cesser avant la fin de ma première année d'école à Bamako. Mais j'héritai rapidement d'un nouveau surnom « le Chinois », car mes camarades trouvaient que mes yeux étaient aussi bridés que ceux des Asiatiques. Ce surnom-là me valut également de belles bagarres, mais il était prononcé avec bien moins de mépris que d'amusement et ne détenait aucune insulte familiale directe ou dissimulée. Je finis par l'accepter bon an mal an. Cette première année à l'école bamakoise et les incidents liés à ma couleur de peau me permirent de réaliser bien des choses. Je compris que le monde n'était pas peuplé uniquement de personnes bienveillantes à mon égard, et je compris aussi que les bons résultats scolaires permettaient de me démarquer des autres camarades. Haine et racisme, réussite et socialisation, ce furent là des apprentissages aussi radicaux que formateurs. La suite de mon existence me permettrait de continuer à en expérimenter certains d'entre eux, bien malgré moi.

    Des premières années d'école jusqu'à la fin de mon brevet, mon rythme était réglé comme du papier à musique. La journée d'école, l'heure de temps libre, le retour à la maison pour étudier, le dîner, suivi du coucher au plus tard à vingt heures.
    Mon père veillait personnellement à mes apprentissages. Chaque soir, il me faisait répéter toutes les leçons apprises le jour même. En fin de semaine, nous revoyions encore les enseignements du moment. Gare à moi si je me trompais : contrairement à ma grand-mère Dad'dy, il avait la main leste. Des décennies plus tard, mon crâne garde encore le souvenir d'une table de multiplication mal intégrée, qui me valut trois points de suture. Sa technique était aussi douloureuse qu'efficace et mes moyennes étaient toujours largement au-dessus de celles de mes camarades de classe. Seules les mathématiques et la physique me posaient problème. Mais, dispute après dispute, claque après claque, je finis par intégrer le programme demandé. Je terminai la première partie de ma scolarité en étant premier au brevet au niveau national ! J'eus même droit à une cérémonie officielle avec remise de médaille, où Maman versa bien des larmes, ma sœur Aya assise sur ses genoux. Mon père ne prit pas la peine de venir.
    La majorité des échanges avec mon père se résumait à des regards noirs pleins d'une rage dont je n'arrivais

pas à comprendre l'origine. Les éclairs de fierté à mon égard étaient réels, mais rares ; je les aurais aimés plus nombreux. Je m'efforçais sans cesse d'essayer de lui plaire, mais en vain. Les nuages finissaient toujours par remplir ses yeux et le monde extérieur, ses propres pensées ou je ne sais quoi se dressaient toujours entre lui et moi.

S'il ne me montrait jamais ses émotions, mon père veillait sur mon éducation et pourvoyait aussi à tous mes besoins. J'eus tous les équipements nécessaires à ma scolarité, jamais le moindre stylo ne me manqua. Vers l'âge de dix ans, je réalisai tout de même que mon père achetait mes livres en seconde main, chez des fripiers situés autour du grand bazar de Bamako. Lui ne manquait jamais de s'offrir de nouveaux habits et des chaussures créées sur mesure à la moindre occasion, mariage, deuil ou baptême, événements de la vie qui arrivaient au moins une fois par mois. Si tout le quartier admirait l'intelligence de mon père, c'était son élégance qui faisait le plus d'envieux.

Les facilités de mémorisation, sans doute héritées de mon père, me permirent de passer ma scolarité sans trop m'en inquiéter, et j'avais même droit à une heure ou deux de temps libre après l'école. Mes amis, qui avaient eux bien moins de comptes à rendre que moi, venaient à la maison, où Maman nous préparait souvent de bons beignets accompagnés de jus d'hibiscus ou de gingembre, qu'elle passait des soirées entières à préparer. Si Maman n'était pas chez nous, il n'était pas rare que nous la retrouvions sur son lieu de travail, à la PMI du quartier. Ses collègues nous proposaient du thé et nous gâtaient tout autant que le faisait Maman.

Ma chère mère était toujours là pour moi. Elle me préparait toujours les plats que je préférais, elle écoutait mes peines et mes tracas et, pour me remonter le moral, elle me donnait quelques francs CFA, afin que je m'achète des friandises aux épiciers de la rue. Et surtout, elle essayait de m'expliquer la vie. D'aussi loin que je me souvienne, elle s'est toujours adressée à moi comme à une personne à part entière et non pas comme à quelqu'un d'inférieur à elle, ce qui était monnaie courante quand on parlait à un enfant à cette époque, au Mali. Maman m'expliqua l'importance du respect, de l'éducation. Elle voulait m'aider à comprendre les actions de mon père :

— Tu ne le comprends peut-être pas, mais ton père t'aime, et tout ce qu'il fait, il le fait pour ton bien. Il n'y a pas de tort ou de raison et, à la fin, Allah est le seul juge.

Alors que je sortais de la petite enfance et que l'envie de m'opposer à lui se faisait grandissante, elle me raisonnait :

— Tu dois le supporter, c'est notre culture de supporter son papa, c'est comme cela. Si moi je le supporte en tant que mari, tu peux le supporter en tant que père. Sans cela, tu ne seras ni en paix avec toi-même ni avec Allah, et tu n'arriveras à rien de bon dans la vie.

Ainsi, Maman savait m'écouter, me calmer et m'aider en toute situation et, surtout, elle me donnait mes repères.

Pour mes dix ans, j'eus la chance d'avoir une chambre à part, un réel luxe. Seule la nourrice de ma sœur Aya venait parfois m'y rejoindre pour dormir sur une natte près de mon lit. Aya se joignait alors à nous dans la chambre. Flani et mes copains étaient à la fois envieux et contents de pouvoir profiter de ma chambre : avoir un espace privé où se retrouver pour discuter entre amis était pour eux une chance inespérée. Certains d'entre eux partageaient leur chambre avec tous leurs frères et sœurs, et dans le quartier, il n'était pas rare de dormir à même le sol au salon, où l'on étendait simplement une natte une fois le dîner terminé et le sol balayé.

Ma chambre avait une fenêtre qui donnait sur un terrain vague derrière chez nous. Mes amis pouvaient venir m'y voir directement, sans passer saluer mes parents. Cette intimité nouvelle nous ravit. Allongés sur le matelas, nous rêvions d'un avenir loin de nos paternels, où nous serions maîtres de nos destins et où nous emmènerions les plus belles filles de l'école vers des avenirs radieux. Ces moments ne duraient pas pour autant, car je redoutais la réaction de mon père s'il s'en était rendu compte.

C'est dans cette même chambre que la nourrice d'Aya voulut m'initier à la sexualité. Alors que je venais de prendre ma douche du soir, je la trouvai entièrement nue derrière la porte de ma chambre. Elle prit ma main et s'en servit pour caresser son corps, que je découvris doux et ferme à la fois. J'étais tellement surpris par ses avances que je restai aussi muet qu'impuissant... Une fois passées les premières secondes de stupéfaction, je me dégageai de son étreinte et repartis en courant vers la salle d'eau, où je restai enfermé l'heure suivante. La honte avait été plus forte que tout autre sentiment. Je n'avais su quoi faire de l'envie que j'avais sentie monter en moi.

À partir de ce jour-là, et pour plusieurs mois, je mis plusieurs heures à m'endormir le soir, après avoir pris soin d'enfiler trois caleçons l'un sur l'autre !

Quelques semaines après ce dépucelage manqué, alors que je tardais à trouver le sommeil, j'entendis mon père crier et Maman lui répondre à voix forte dans le salon. J'en fus plus que surpris, car elle n'élevait jamais la voix, et moins encore face à son époux. Je me levai et collai mon oreille à la porte du salon, le cœur battant :

— Makan, tu m'entends, sur la tête de nos enfants et de tout ce qui m'est cher, c'est hors de question, je n'irai pas vivre au Sénégal cette année, dit Maman d'un ton décidé que je ne lui avais jamais entendu.

Vivre au Sénégal ? C'était la première fois que j'entendais une telle idée. Je tendis l'oreille, mon cœur battant plus fort encore.

— Toi, mon épouse, comment peux-tu t'opposer à ce projet ? L'Ambassade pour laquelle je travaille depuis douze ans, et qui nous fait tous vivre dignement, ferme ses portes à Bamako. On me propose une évolution en or en devenant Chef du Personnel à Dakar, comment refuser ?!

— Je ne te suggère pas de refuser, reprit Maman, je t'explique que vivre ailleurs qu'à Bamako me tuerait sur place. J'aime trop ma vie à Badalabougou, mon travail. Et mes sœurs et ma Maman sont ici. Par la grâce de Dieu, je ne peux pas imposer cela à nos enfants : Amadou entre dans l'adolescence et je ne veux pas le perturber, il a besoin de repères, et Aya n'a pas dix ans. Une si jeune fille dans les rues de Dakar, sans repères, tu penses vraiment que c'est une bonne idée ?

— Tu couves trop tes enfants, Fatou. Je te le dis depuis toujours, si ça continue tu en feras des poules mouillées, surtout Amadou. La vie est dure et il faut qu'ils le sachent dès leur plus jeune âge, ça ne sert à rien de leur mentir, Allah m'en est témoin.

Mon ventre se tordit quand mon père prononça mon prénom. Même hors de sa portée directe, mon père m'impressionnait. Un mélange de sentiments m'envahit alors : j'étais à la fois triste de la piètre opinion que mon père se faisait de moi et je brûlais d'envie de lui crier que moi aussi j'étais un homme, mais qu'il ne me laissait jamais la moindre chance de le lui montrer. La possibilité de partir vivre à Dakar m'excita et m'effraya en même temps.

— Mon cher mari, reprit Maman en radoucissant la voix car elle devait se dire que rien n'irait dans le bon sens s'ils commençaient à parler de moi, il n'est pas question de nos enfants, que Dieu protège leur santé. Il est question de là où je peux mener ma vie et de là où tu dois réussir professionnellement. Pourquoi n'irais-tu pas t'installer seul à Dakar dans un premier temps et nous nous rejoindrions pour nos congés ici ou là-bas, le temps de voir comment vivre à nouveau tous ensemble ?

En entendant ces mots, je ressentis une légère déception à l'idée de ne pas partir à l'étranger, mais la possibilité de vivre loin des humeurs de mon père m'apporta aussi un énorme soulagement. Mon quotidien serait sans aucun doute plus gai et plus léger. Cette idée m'enthousiasma.

La discussion continua sur un ton calme et beaucoup plus bas, presque un murmure dont je ne percevais que quelques syllabes. Je repartis dans ma chambre sur la pointe des pieds.

Maman avait des valeurs de vie aussi fortes que pieuses, mais n'en restait pas moins avant-gardiste pour l'époque. C'est ainsi que mon père partit s'installer à Dakar alors que Maman, ma sœur et moi devions continuer à vivre à Bamako.

Mais la suite des événements allait me montrer que la fin de mon enfance bamakoise n'allait pas se dérouler comme je l'avais prévu.

Bamako – les associations.

Ma première année au Lycée Badala s'annonçait sous les meilleurs auspices : je venais d'achever brillamment la première partie de ma scolarité, et j'étais à l'abri des coups et des regards mauvais de mon père. Maman, ma sœur Aya, ma grand-mère maternelle et moi, nous vivions tous les quatre à la maison, et je me réjouissais du doux quotidien que nous commencions à goûter.

La veille de la rentrée en classe de seconde, Flani passa par la fenêtre à l'arrière de la maison et me rejoignit dans ma chambre :

— Comment ça va, Vieux Frère ?

— Tranquillement.

— Et la famille ?

— Écoute ça va vraiment au mieux pour moi : le paternel est installé à Dakar, au moins de là-bas, ses mandales ne peuvent plus m'atteindre, et il ne devrait pas venir nous voir avant la prochaine fête de Tabaski. Maman et Aya vont bien aussi. Le rythme est plus doux à la maison, depuis qu'il n'est plus là.

— Ta mère, elle ne s'ennuie pas trop sans lui ?

— Tu sais, le paternel n'était pas tout le temps à la maison quand il vivait à Bamako, loin de là, et Maman, elle a toujours été indépendante. Tant qu'elle a son travail, de la bonne musique et son thé, elle est de bonne humeur. Elle a toujours ses amies et ses sœurs qui passent la voir, la maison n'est jamais vide. Et si un soir, pour une raison ou une autre, personne ne vient, ma grand-mère et Aya sont toujours là pour lui tenir compagnie...

— Tu l'aimes trop ta mère, Vieux Frère, tu connais son agenda par cœur ! se moqua Flani.

— Tu dis ça car tu es jaloux ! lui répondis-je en lui bourrant les côtes de coups de poing.

Nous continuâmes un peu à plaisanter et à deviser sur l'année scolaire qui nous attendait.

Notre conversation tourna rapidement autour du sujet qui animait alors toute la jeunesse malienne : la politique.

Quelques mois auparavant avait eu lieu le coup d'État militaire qui avait renversé Moussa Traoré, le second Président du Mali, qui était resté vingt et une années à la tête de notre toute jeune république. Lui-même avait fait partir le grand libérateur du Mali, Modibo Keïta, par un coup d'État. Si je me disais que c'était un juste retour des choses et qu'il était bien temps que Moussa Traoré soit ainsi remercié, je n'étais pas sûr d'apprécier pour autant ce qui se profilait : la mise en place du fameux « Comité de transition pour le Salut du peuple de la République du Mali » présidé par Amadou Toumani Touré, qui resterait connu dans les mémoires maliennes par son acronyme ATT.

Après une carrière dans l'armée, ATT avait pris la présidence de ce comité suite à un bain de sang. Quelques mois avant ma discussion avec Flani avaient eu lieu les tristes événements du 22 mars 1991, qui marqueraient pour longtemps le pays. Alors que les Maliens souhaitaient plus que jamais que le Président Moussa Traoré laisse enfin sa place, des milliers d'étudiants s'étaient retrouvés pour une marche pacifique convergeant vers le Monument de l'Indépendance. La jeunesse malienne réclamait alors le multipartisme et plus de démocratie. À la fin d'une journée de manifestation paisible, l'armée avait sorti les armes et avait ouvert le feu sur la foule des étudiants qui souhaitaient être entendus par le Président. Sur le moment, nous crûmes que seules quelques personnes avaient perdu la vie, mais j'appris ensuite qu'il s'agissait en fait de centaines d'étudiants qui avaient péri sous les balles de l'armée, en ce funeste jour de mars 1991. Pour ma part, j'étais encore sur les bancs de l'école fondamentale de Badalabougou en train de préparer mon brevet et j'eus la chance, tout comme mes proches amis, d'être épargné par ce malheur.

    La veille de notre rentrée de seconde, alors qu'il m'avait rejoint sur mon matelas pour profiter du ventilateur, Flani engagea la discussion sur la question politique du moment :

    — Qu'est-ce que tu penses que ça va donner, ce fameux Comité de transition pour le Salut du peuple de la République du Mali, Vieux Frère ? Avec un nom pareil, on peut en attendre quoi ?

    — T'imagines, on est déjà en septembre : ça fait déjà six mois que le comité existe et toujours rien de concret, que ce soit pour nous ou pour le balayeur de la rue. Franchement, j'espère que nos frères qui sont tombés le 22 n'ont pas donné leur vie pour rien.

— Sérieusement Vieux Frère, tu me fais mal au cœur en parlant comme cela – tu ne penses pas qu'il y a de l'espoir ? me demanda Flani dans son indécrottable optimisme.

— Vu où nous en sommes, je n'arrive plus à croire en lui. Si ATT cherche le salut de quelqu'un avec ce comité pour le Salut du peuple, il semblerait que ce soit bien plus son salut personnel, ou le salut de ses proches, plutôt que celui de notre peuple.

— En parlant de salut, tu ne penses pas qu'il serait temps que tu t'occupes un peu du tien ? me lança mon ami avec un sourire en coin.

Je regardai tourner les pales du ventilateur sans répondre. Flani savait que le sujet ne m'intéressait pas plus que ça et il essayait souvent de me taquiner à ce propos. Face à mon silence, il continua :

— Il serait temps que tu t'y mettes Vieux Frère, ton paternel n'est plus là et ce n'est pas ta mère que tu vas épouser un jour.

— Écoute, je n'ai pas de temps pour ça en ce moment, je préfère me consacrer à mes études, j'ai tout le temps pour m'occuper des filles plus tard ! Mais si t'as envie de continuer à m'embêter avec ces broutilles, ne te gêne pas, ça ne me dérange pas.

Face à mon calme résolu, mon ami changea de sujet et reprit la discussion sur l'année scolaire qui nous attendait.

Malgré les remous politiques incessants depuis des mois, l'année commença pour tous les élèves de Bamako, et j'entamai ma seconde au lycée Badala. Je me retrouvais avec joie aux côtés de Flani, que je côtoyais de plus en plus.

Deux semaines après la rentrée, mon ami me rejoignit une nouvelle fois dans ma chambre et me proposa une idée qui allait changer notre année scolaire :

— Eh, Vieux Frère, j'ai une idée pour toi : ça te dirait qu'on crée notre propre grin ? Maintenant que ton père n'est plus à Bamako, ça devrait être faisable non ? J'ai envie d'en créer un avec toi depuis tellement longtemps, mais je savais que ton paternel ne le permettrait jamais. C'est bon maintenant, on est assez âgés pour avoir le nôtre, et j'en ai ras-le-bol de traîner autour de la bande de copains de mon grand frère, il est temps qu'on s'émancipe.

Je vous dois ici quelques précisions : les Maliens appellent le grin tout autant un groupe d'amis que le lieu où ces mêmes amis se rencontrent, à l'image de certaines associations en Occident. Une fois le grin créé, il peut durer des années. Par exemple, mon père devenu adulte fréquentait encore son grin datant de ses années étudiantes. Il passait de nombreux après-midis avec les amis sous le grand manguier près du fleuve, qui les abritait déjà quand ils étaient jeunes.

Je répondis avec entrain à mon ami :

— Entendu, ce sera chouette de pouvoir se retrouver ailleurs que dans cette chambre, et surtout d'être plus nombreux. As-tu déjà pensé à qui pourrait se joindre à nous ?

— Oui Vieux Frère, j'ai déjà quelques noms en tête ! Et vu tes résultats scolaires, je ne m'inquiète pas, ils vont plutôt se bousculer pour se joindre à nous...

C'est ainsi que Flani et moi devînmes le pilier de ce nouveau grin. Plusieurs fois par semaine, nous nous retrouvions devant la porte de Maman, ou devant chez les parents de mon cher ami. Nous y installions quelques chaises en plastique, souvent dépareillées, un réchaud à charbon pour préparer le thé et de longues heures de discussion s'ouvraient à nous. Préparer le thé était surtout un prétexte pour permettre à ce moment de s'étirer le plus longtemps possible, il n'était pas rare que préparer la boisson sucrée nous prenne près de deux heures. Les quelques francs CFA nécessaires à l'achat du petit paquet de thé, du sachet de sucre et du charbon étaient amplement rentabilisés par la qualité du temps passé ensemble. Dans notre grin, des sujets s'invitaient quasi quotidiennement dans nos discussions : la réussite scolaire et l'avenir radieux qui devrait s'ensuivre, les jolies filles du lycée Badala et, bien sûr, les sujets politiques. C'est avec les amis de ce grin que je m'exerçai à l'éloquence, mes amis appréciaient mes envolées verbales et permettaient à mes opinions politiques de se forger. Flani, de son côté, y exerçait ses talents de musicien en herbe. Son père était griot, comme l'avaient été son père et son grand-père avant lui. Si les mœurs évoluaient rapidement et que mon ami n'était pas certain de vouloir devenir à son tour communicant professionnel, il appréciait plus que tout jouer de la kora et raconter les histoires de nos héroïques ancêtres sur les notes de ce doux instrument à cordes…

Chacun dans notre genre, Flani et moi appréciions l'art de manier les mots, et c'est sans doute sur ce terrain que s'est renforcée notre amitié, année après année.

Deux mois après ma rentrée en classe de seconde, je fus repéré par des étudiants plus âgés que moi qui venaient à la sortie du lycée. Je ne le savais pas, mais ils appartenaient à l'Association des Élèves et Étudiants du Mali, l'AEEM, association qui avait payé un lourd tribut lors de la sanglante journée du 22 mars 1991. Cette journée de deuil avait conforté leur soif de démocratie pour le Mali : ce sont eux qui m'apprirent que les morts de cette journée se comptaient par centaines et qu'il fallait se battre plus encore pour honorer la mémoire de chacun d'eux.

Mon éloquence et mes bons résultats scolaires me valurent d'être choisi parmi les élèves du lycée Badala pour faire partie des nouvelles recrues. En peu de temps, je devins le plus virulent syndicaliste de mon lycée.

Je mesure aujourd'hui à quel point cet engagement allait forger mon caractère, bien plus que je n'aurais pu l'imaginer. Par la suite de mon existence, j'ai eu à faire face à bien des cas de conscience, et pourtant, alors que je rédige ces lignes des décennies plus tard, la soif de justice ne m'a quitté un seul instant depuis mes années syndicalistes.

Entre syndicalistes lycéens ou avec nos homologues étudiants, nous nous retrouvions régulièrement pour imaginer la future constitution pour notre pays. Les réunions se passaient dans la salle des jeunes du quartier de Badalabougou, une grande salle aux murs décrépis, au fond d'une cour emplie de poussière. Il n'y avait ni eau ni électricité, mais jamais je n'ai entendu quiconque s'en plaindre : les étudiants étaient déjà heureux d'avoir un lieu où se réunir.

C'est pendant l'une des premières réunions à laquelle j'assistais que je me créai définitivement une place dans l'association, en inventant le slogan de l'AEEM.

Je me souviens de ce soir de novembre, alors que le crépuscule venait de tomber. Un doux vent parcourait la salle, où aucune vitre ne comblait les fenêtres. Des lampes à huile et des bougies éclairaient de leur faible lueur la grande salle. La discussion tournait encore autour d'Amadou Toumani Touré, qui faisait durer indéfiniment son comité de transition. J'osai prendre la parole devant mes camarades aînés de l'association qui faisaient tout pour me mettre en confiance :

— Ce n'est pas possible qu'ATT soit encore à la tête de ce comité. Il y a bien « transition » dans « comité de transition ». Voilà plus de six mois qu'il confisque l'élan démocratique au peuple malien.

— *Namou*, répondirent plusieurs personnes dans l'auditoire, comme on le fait traditionnellement au Mali pour approuver une sage parole.

Galvanisé par cet adoubement qui flattait mon jeune égo, je continuai :

— Nous avons plus de cent frères qui sont tombés au champ d'honneur. En leur mémoire, nous ne pouvons laisser le pouvoir aux mains de l'ancienne garde.

Des applaudissements s'ajoutèrent aux *Namou* qui fusaient de toute part dans la salle.

— Il faut continuer la lutte. Oser lutter, c'est oser vaincre. La lutte continue !

Je venais de crier ces dernières phrases sans m'en apercevoir, dépassé par mes émotions. Le secrétaire de l'association répéta « Oser lutter, c'est oser vaincre. La lutte continue ! » et l'assemblée applaudit plus fort encore. Le piteux éclairage ne permit pas à mes camarades de se rendre compte des larmes qui me montèrent aux yeux face à cet enthousiasme général…

Je venais de créer le slogan de l'association qui, aujourd'hui encore, termine chacune des prises de position de l'Association des Élèves et Étudiants du Mali.

Les réunions politiques prenaient de plus en plus de temps dans nos journées, les cours de moins en moins, nos professeurs étant tout autant que nous syndiqués et intéressés par la cause démocratique que nous défendions.

Depuis mon coup d'éclat de novembre et la création du slogan de l'association, j'étais convié par mes aînés à toutes les réunions importantes qui se déroulaient dans la salle des jeunes. Je participais aussi activement à l'organisation des marches pacifiques à travers la capitale pour montrer à tous les Bamakois notre détermination. Un vrai privilège pour le tout jeune militant que j'étais, mon égo en était tout flatté.

Un soir de printemps 1992, le secrétaire de l'association me retint à la fin d'une réunion ordinaire :

— Demain matin, tu ne vas pas te rendre au lycée jeune homme. Tu te joins à nous : ça fait des semaines qu'on y travaille, l'Association des Élèves et Étudiants du Mali a réussi à décrocher un entretien avec ATT. On va peut-être entrer dans l'histoire du Mali ! On peut compter sur toi ?

— Bien sûr, je serai des vôtres ! répondis-je l'œil humide et le cœur battant la chamade.

— Oser lutter, c'est oser vaincre. La lutte continue ! n'est-ce pas ? me répondit le secrétaire dans un clin d'œil.

Le lendemain matin, nous nous retrouvâmes dès le premier appel du muezzin et nous mîmes en marche pour la colline du pouvoir. La présidence de la République malienne était installée en haut d'une colline, ce qui lui valait ce prestigieux surnom. En ces tumultueuses années 1991-92, si ATT n'avait pas osé s'installer directement dans le palais présidentiel alors qu'il n'était en rien un élu du peuple, il avait tout de même élu le siège de son Comité de Transition sur une annexe du palais, bien en haut de ladite colline du pouvoir...

Les neuf autres adhérents de l'Association des Élèves et Étudiants du Mali membres de la délégation et moi-même étions arrivés avant neuf heures à l'entrée du bâtiment. Cinq hommes armés, au faciès peu engageant, gardaient l'entrée. Mon ventre se serra à la vue de leurs armes. Et si la discussion tournait mal ? Et s'ils faisaient usage du feu ? Des étudiants avaient bien été décimés quelques mois plus tôt... pourquoi pas nous ? J'essayai de me calmer en respirant profondément et en récitant les prières que Maman psalmodiait à longueur de journée. Mes aînés ne semblaient pas du tout troublés et parlementaient calmement avec ces hommes d'accueil peu avenants. Leur quiétude m'aida à m'apaiser.

Après quelques discussions nous pûmes entrer, ATT allait nous recevoir. À l'intérieur du bâtiment, rien n'inspirait le pouvoir ou l'ordre : les couloirs et pièces étaient aussi lugubres que vides, et le ménage ne semblait pas avoir été fait depuis des semaines. Au bout d'une dizaine de minutes à errer d'un étage à l'autre, nous parvînmes à une grande salle meublée de nattes au sol et de fauteuils en velours kaki. Deux jeunes hommes qui préparaient le thé nous firent asseoir sur un banc de bois situé à l'arrière des fauteuils. Ni mes amis ni moi ne nous leurrions : ATT cherchait simplement à nous impressionner avec cette mise en scène de pacotille. Trente minutes passèrent.

ATT arriva en nous saluant du bout des lèvres et commença la réunion en ces termes :

— Bonjour la jeunesse malienne. Je suis très occupé avec notre Comité de transition pour le Salut du peuple de la République du Mali, vous vous en doutez, je n'ai que quinze minutes à vous consacrer.

Le secrétaire de l'AEEM exposa nos griefs : en tant qu'association représentante de la jeunesse du pays, nous avions envie d'être associés au comité de transition et de siéger à chacune des réunions déterminantes pour l'avenir de notre démocratie. Le secrétaire fut synthétique et conclut son bref laïus par notre slogan :

— Nous continuerons la lutte de manière pacifique et organiserons des marches chaque semaine pour que le peuple malien sache à quel point nous sommes déterminés. Oser lutter c'est oser vaincre. La lutte continue !

Une fierté immense monta en moi quand j'entendis ce slogan, mes mots, prononcé devant un homme politique si haut placé. Je me faisais une joie de raconter ça à Maman, et peut-être même un jour à mon père.

Je déchantai rapidement : ATT ne prit même pas la peine de nous faire de fausses promesses. Il conclut notre entrevue en ces termes :

— Vous pouvez marcher, vous pouvez même marcher les trois cent cinquante kilomètres qui séparent Gao jusqu'à Kidal, la route est justement en construction, nos fils qui ont votre âge sont partis étudier à l'étranger et un jour, ce sont eux qui vous gouverneront.

Notre délégation s'en trouva plus remontée que jamais, et les semaines qui suivirent furent riches en réunions et marches pacifiques.

Malgré toute notre énergie, notre fougue et notre bonne volonté, la prophétie d'ATT allait bien malheureusement se réaliser : malgré nos longues marches, il allait gouverner le Mali pendant près de dix ans, et les fils de ses amis dignitaires deviendraient les ministres des gouvernements suivants...

Cette agitation politique aurait aussi bien des influences sur ma vie personnelle que sur l'ensemble de mon avenir. Les marches succédant aux marches et les assemblées politiques aux assemblées politiques, une année blanche fut déclarée pour tous les lycéens et tous les étudiants de Bamako.

Je n'avais pas beaucoup de nouvelles de mon père depuis son départ pour Dakar, mais je le compris près d'une année plus tard : s'il ne s'adressait à ma sœur et moi que par de très brefs mots à la fin de ses courriers et par l'envoi de denrées rares pour le Mali dont ma sœur raffolait, tel le lait sucré en poudre, il n'avait pas perdu ma scolarité de vue, bien au contraire. Maman me le confessa bien plus tard : il s'entretenait avec elle de mon avenir. C'est ainsi que mon père décida de me rapatrier près de lui dans la capitale sénégalaise, pour me faire bénéficier d'une meilleure éducation.

Quand ma mère me l'annonça, même si je n'avais pas été consulté, cette idée m'enthousiasma : un nouveau voyage, près de dix ans après mon retour de Gao, et la perspective d'étudier dans un pays dont l'éducation avait si bonne réputation, j'étais ravi. J'espérais aussi que ces moments à venir proches de mon père adouciraient notre relation. S'il m'avait voulu près de lui, je supposais que ce n'était pas que pour me battre et que, sans doute, il souhaitait le meilleur pour moi.

Je ne savais pas que ce que je m'apprêtais à vivre à Dakar allait changer du tout au tout le cours de mon existence…

II

Dakar – la découverte.

À l'âge de six ans, alors que je partais vivre à Gao, j'avais quitté Bamako en bus. Ce fut en train que j'effectuai ce second voyage en dehors de ma chère Bamako. Maman avait rempli mon sac de beignets et de boissons et, pendant quinze minutes, elle m'avait couvert de bénédictions dans la poussière du quai de la gare. Trente heures de train m'attendaient pour rejoindre Dakar. Les villes de Kayes, Kidira, Tambacounda et tant et tant de villages, de bourgs traversés. Notre convoi fit au moins cinquante arrêts, sans doute bien plus : des personnes montaient et descendaient du train en permanence, souvent même en dehors des arrêts officiels, tant la cadence était lente. Les plus démunis montaient directement sur le toit du train où ils s'agrippaient aussi longtemps qu'aucun contrôleur ne venait les déloger. Je vis le paysage se transformer au fur et à mesure que nous nous rapprochions de l'ouest du continent. Tellement sec côté Mali, et beaucoup plus verdoyant à partir de la frontière sénégalo-malienne. Les marchands ambulants étaient toujours en nombre à chaque arrêt et s'agitaient sous nos fenêtres. Avec les beaux habits que m'avait fait confectionner Maman pour ce voyage, je ne passais pas inaperçu. Bien des fois je lus la déception dans les yeux des petites marchandes et des jeunes vendeurs quand je refusais aussi poliment que possible les petits sachets d'eau, les morceaux de mangues séchées ou de noix de coco fraîchement débités qu'ils me servaient sur un large plateau porté sur leur tête.

Le souvenir que je garde de ce voyage ressemble à une longue rêverie. Tous les possibles s'ouvraient devant moi et, de fromager en baobab, de termitière géante en manguier chargé de fruits, de case en boutique, et de vendeur en pauvre hère en quête d'un avenir meilleur, je me laissais bercer par ces paysages et ces faciès inconnus qui défilaient autour de moi.

J'arrivai à Dakar à cinq heures du matin. Mon père m'attendait sur le quai, le visage fripé de sommeil mais souriant. C'est cette image pleine de tendresse et d'espoir que je m'efforce à garder de notre relation quand je repense à mon séjour dakarois, car les sourires se firent bien plus rares les mois suivants.

Après une petite marche, nous arrivâmes dans ce qui allait devenir ma nouvelle demeure. L'ambassade pour laquelle il travaillait offrait à mon père un beau logement de fonction situé dans le quartier Cité Universitaire. Je fus installé dans une petite pièce à part, sur le côté droit de la cour fermée, pièce qui servait probablement au gardien de la maison dans d'autres temps. Je ne m'en offusquai pas et y vis un signe de confiance paternelle qui me fit chaud au cœur : il m'octroyait la quasi-liberté dans ce petit logement presque indépendant de sa demeure. Les superbes bougainvillées mauves qui débordaient des fenêtres me firent aimer ma chambrette instantanément.

Moins de quatre heures après avoir débarqué à Dakar, je débutai mon cursus sénégalais. J'arrivais en cours de scolarité, pratiquement en fin d'année de seconde, et mon père estimait à juste titre que je n'avais pas une minute à perdre.

Mes premières semaines dakaroises furent toutes dédiées à rattraper mon retard d'apprentissage. Si j'étais brillant au lycée Badala de Bamako, en arrivant à Dakar, j'étais presque médiocre au sein du prestigieux lycée privé Madey Sale, où m'avait inscrit mon père. Je fus loin de me décourager pour autant. À Bamako, j'avais entendu par mes collègues de l'AEEM que notre système d'éducation était l'un des plus faibles au monde. J'en eus ici la confirmation et je mis les bouchées doubles pour faire honneur à ma patrie. Des camarades de classe eurent la gentillesse de me laisser leurs cahiers et je copiai tous les cours depuis le début de l'année. Cela occupa toutes mes soirées pendant deux mois, mais je réussis à passer le test pour être accepté en classe de première.

Par manque de temps, je ne cherchai pas à me réinvestir en politique. Alors que je pensais m'y remettre plus tard, d'autres sombres préoccupations viendraient occuper toutes mes pensées.

Pendant ces premières semaines, les relations avec mon père furent cordiales. Nous nous croisions peu : je travaillais beaucoup pour l'école, il rentrait tard de ses journées. Nous déjeunions parfois ensemble le week-end, dans un restaurant aux environs, ou dans une gargote en face de chez nous qui servait de délicieux *pintons*, les sandwichs au thon ou à la sardine dont raffolaient les Sénégalais. Installés au restaurant ou sur un banc en bord de route, nos discussions tournaient invariablement autour de mes apprentissages et de ma nécessaire réussite scolaire. Je voyais dans cet intérêt pour mon travail la marque de l'affection de mon père. Ces déjeuners me plaisaient : j'étais résolu à ce que notre relation s'améliore le plus possible et ces moments, encore trop rares à mon goût, me mettaient du baume au cœur.

Au lycée Madey Sale, j'étais à nouveau dans un cadre scolaire privilégié : nous étions trente élèves par classe seulement et nous n'étions que trois élèves à ne pas être sénégalais. Une autre élève était malienne, et le dernier étranger était mauritanien. À Dakar, si je ne connus pas de racisme, je découvris rapidement un trait de caractère taquin chez nombre de jeunes Sénégalais. En arrivant, je ne parlais pas le wolof, la langue nationale comprise par la majorité des Sénégalais, bien plus populaire que le français. Si l'enseignement était prodigué en français, les échanges après les cours se passaient toujours en wolof. Les premiers jours, je me liai avec deux camarades sénégalais qui se firent un plaisir de m'apprendre quelques mots dans leur langue. Au bout d'une semaine, je compris grâce à Saki, ma compatriote malienne, qu'ils m'avaient appris à dessein une insulte à la place de la salutation du matin. Pendant des mois, je les insultai donc avec un grand sourire chaque jour en arrivant à l'école. Mon caractère espiègle déjà bien trempé à Bamako se renforça au contact de ces camarades fort joueurs.

Les mois passèrent sans encombre. Mon année de première se déroula parfaitement et, si j'étais toujours très sérieux à l'école, conscient de la chance que j'avais de pouvoir poursuivre ma scolarité à Dakar, je pris un peu de temps pour découvrir la capitale sénégalaise et approfondir mes connaissances en langue wolof. La présence de l'océan partout dans la ville est ce qui me marqua le plus cette année-là. L'immense plage de Yoff, l'océan à perte de vue, l'île de Gorée et son histoire si considérable pour le peuple noir. Je n'avais rien connu de tel dans les villes maliennes que j'avais côtoyées. Quand je n'étudiais pas, je passais des heures et des heures à sillonner les quartiers populaires, de Médina ou de Grand Dakar, entre les étals de fruits et de légumes des différents marchés de la ville, ou le long des plages de l'Atlantique pour voir le retour des pêcheurs ou simplement admirer la beauté de l'océan. Je me laissais absorber par l'énergie de la ville. En même temps, je pensais beaucoup à Maman qui me manquait énormément. Je nourrissais l'espoir qu'elle nous rejoigne enfin à Dakar, mon père et moi, peut-être même avec ma petite sœur. Face à l'immensité de la mer, je pensais à elle et je savais qu'elle priait pour moi, à Bamako. Je me sentais près de Maman quand j'étais seul face aux éléments. Même si lui vivait près de moi, je voyais par contre toujours aussi peu mon père. J'espérais de tout mon cœur que plus je m'approcherais de l'âge adulte, plus il m'apprécierait.

Plus d'un an après mon arrivée à Dakar, je pris le train en sens inverse pour retrouver Bamako et ma chère Maman, que je n'avais pas revue depuis mon départ. Elle m'attendait exactement au même endroit, là où elle m'avait laissé des mois plus tôt. Quand nous nous retrouvâmes, elle me couvrit de bénédictions, mais ne me posa aucune question. Elle décida que je devais être très fatigué de mon voyage et que nous discuterions plus tard. J'eus l'impression qu'elle avait quelque chose sur le cœur qu'elle n'arrivait pas à me dire, mais ma position m'interdisait de l'interroger.

J'étais bien plus excité de retrouver ma chère Bamako que fatigué : à peine rincé de la poussière du long voyage, je partis arpenter le quartier de Badalabougou. Dès ce premier jour de vacances, je retrouvai avec grande joie Flani, qui avait maintenu notre bande de copains du grin intacte, et en compagnie duquel je passai une bonne partie de la journée. Je vins également à la rencontre de mes collègues de l'AEEM, que je retrouvai à leur habituelle réunion de début de soirée. Ils furent heureux de voir que mon esprit s'était plus affûté encore au contact de nos voisins sénégalais.

Une partie de mon esprit n'était pas tranquille, j'appréhendais de retrouver Maman et ce qu'elle avait à me dire. Je savais que nous devions discuter de l'organisation de ma prochaine année scolaire et de son installation à venir à Dakar. Je craignais plus que tout qu'elle m'empêche de continuer mes études à Dakar, où je sentais mon esprit évoluer bien plus vite qu'à Bamako.

La discussion arriva le lendemain de mon arrivée au Mali :

— Comment se passe ton arrivée, Fils ? Es-tu heureux d'être de nouveau sur ta terre natale ?

— Bien sûr Maman, et je suis surtout heureux d'être près de toi. Tu m'as tant manqué.

— Justement, c'est de cela que nous devons parler...

Sa voix baissa pour entamer une rak'ah, cette prière qu'elle égrainait sur le chapelet qui ne la quittait jamais, dès qu'elle avait besoin de se recueillir ou de se concentrer. Mon ventre se serra devant le cérémonial qu'elle mettait dans ses paroles.

— Je t'écoute, Maman.

— Je sais que tu es heureux à Dakar, ton père m'a fait part de tes résultats. Tu as réussi à dépasser ton retard et tu es maintenant dans les meilleurs éléments de ta classe. Si tu continues, tu passeras tes examens haut la main, Inch'Allah.

— Que Dieu t'entende.

— Mais mon fils, mon cœur se brise en t'annonçant cela : je ne vais pas venir vous rejoindre vivre à Dakar. J'ai beaucoup réfléchi et surtout beaucoup prié, et la réponse m'est apparue clairement pendant mes prières. Ma vie est ici, je suis très utile à la PMI, et je m'occupe beaucoup de ma propre maman qui commence à se faire vieille. Je ne veux pas aller vivre à Dakar et devenir une « femme de ». Que ce soit pour l'argent ou les représentations publiques, la vie diplomatique ne m'a jamais intéressée et ça ne va pas changer. Quand ton père est parti vivre à Dakar, je pensais sincèrement pouvoir le retrouver un jour, mais je le sens, ma place est définitivement à Bamako.

Maman se remit à psalmodier doucement au-dessus de son chapelet. Mon ventre se dénouait un peu en comprenant que ma vie scolaire n'était pas remise en question, mais je ne pus m'empêcher de lui répondre :

— Mais ça signifie que nous allons être encore séparés, Maman ? C'est dur de vivre sans toi, tu me manques tellement.

— Je sais, mon fils. Mais c'est ton destin que tu prends en main en bénéficiant d'une si bonne formation. Et tu ne peux demander à ta vieille mère de sacrifier son équilibre et sa sérénité pour venir te cajoler, tu as passé l'âge.

Ses mots étaient durs mais, au fond de moi, je savais qu'elle avait raison. Si la vie de Maman était bel et bien à Bamako, mon avenir devrait s'écrire à Dakar.

— Tu as raison, ma petite Maman.

— Et comme tu es en train de devenir un homme, je te charge d'annoncer la nouvelle à ton père. Je ne sais pas quand je le reverrai et je ne veux pas lui partager cela par écrit, je préfère qu'il l'entende avec tes mots à toi, la chair de ma chair.

Ces dernières phrases n'attendaient pas d'approbation de ma part. Je savais Maman attentive et très généreuse, mais également décidée. Si elle avait pris une décision, rien ne pourrait la faire revenir en arrière.

La dizaine de jours où je restai à Bamako se partagea entre la fréquentation de mon grin, des visites aux différents membres de la famille et des moments simples passés à la maison avec Maman et ma sœur, où je leur racontais avec panache bien des épisodes de mes mois dakarois. Ma mère était contente de mes résultats scolaires, de ma bonne intégration à Dakar et de ma relation avec mon père.

Quand l'heure du départ sonna, c'est de ce dernier sujet qu'elle me parla :

— Et surtout, fais attention à la relation avec ton père. Qu'Allah vous bénisse, vous accompagne et vous aide à vous comprendre. Comme me le disait ma propre mère : « Sur quelque arbre que ton père soit monté, si tu ne peux grimper, mets au moins la main sur le tronc. » Je compte sur toi mon fils pour tout faire afin de le soutenir et le comprendre.

— Oui Maman, je te le promets.

C'est sur cette promesse que je quittai ma mère tant aimée. Je ne pouvais deviner que j'allais, pour la première fois de ma vie, rompre une promesse faite à la personne que j'aimais le plus sur Terre…

Dakar – le choc.

Quand j'arrivai à Dakar pour la seconde fois de mon existence, je fus surpris de voir que personne ne m'attendait sur le quai de la gare. Fatigué et un peu déçu, je fis le chemin pour rejoindre la maison tout seul. Un étrange pressentiment me forçait à allonger le pas. Je ne me sentais pas tranquille, avec l'annonce que j'avais à faire à mon père.

Il n'était pas à la maison et avait laissé un message à Moussa, le jardinier qui venait arroser plantes et fleurs chaque après-midi et qui faisait office de gardien. Mon père ne serait pas de retour avant la fin de soirée.

Après être sorti me balader une partie de la journée, je préparai du thé pour me donner du courage. Mon père arriva bien plus tard, alors que la boisson avait eu le temps de bouillir et bouillir encore sur le charbon rougeoyant.

— Bonsoir, as-tu fait bon voyage ? Comment ça va à Bamako ?

— Oui tout va bien mon père, le voyage s'est déroulé sans encombre et tout le monde à Bamako te salue.

Nous parlâmes quelques instants de la famille et des amis de mon père. Il me demanda ensuite des nouvelles de Maman :

— Comment va ta mère ? Elle était contente de retrouver son fils adoré ?

Si son ton était léger, ma gorge ne manqua pas de se serrer :

— Oui, elle va très bien, nous avons beaucoup discuté. Et si tu me le permets, elle m'a chargé de te faire part d'une nouvelle importante. Puis-je t'en faire part maintenant ?

— Oui oui, répondit mon père d'un ton étrangement neutre.

— Maman a décidé de rester vivre à Bamako. Elle préférait que tu apprennes la nouvelle par ma voix plutôt que sur un froid papier. Je te présente mes excuses pour elle. Elle m'a expliqué que toute sa vie la retenait au pays, son travail et sa maman surtout, et qu'elle ne voulait pas tout perdre et mener une vie vide de sens ici.

J'avais dit tout cela d'une traite en ne quittant pas la théière des yeux. Mon père n'avait pas bronché, ni répondu, ni même poussé un soupir.

Quand j'osai lever les yeux sur lui, mon cœur se glaça : il avait dans les yeux une lueur que je ne lui avais jamais vue. Ni tristesse, ni abattement, pas de joie pour autant non plus. Un rictus qui semblait mêler soulagement et mesquinerie. Je ne sus comment interpréter son expression. Il dut lire l'étonnement sur mon visage, car il se recomposa aussitôt une attitude neutre et me répondit d'un ton froid :

— Tu ne m'apprends rien de neuf, tu sais. Elle m'avait plus ou moins dit cela dès la nouvelle de mon expatriation et je ne comptais pas vraiment sur sa venue. Elle n'est venue me voir qu'une fois en vacances ici, bien avant que tu arrives, et elle n'avait visiblement pas aimé la vie à Dakar. Je crois qu'elle a laissé planer le doute sur sa venue pour nous permettre de nous installer le cœur léger, moi, puis toi. Si c'est ainsi qu'Allah l'a décidé, c'est ainsi que nous vivrons, elle là-bas, moi ici, et nous nous retrouverons parfois pour les fêtes, et un jour pour notre retraite.

Mon père se tut sur ces paroles, mais je ne pouvais me départir de la mauvaise impression que la lueur de son regard avait laissée en moi. Je ne savais qu'en penser et essayais de me concentrer sur la fumée qui s'échappait de la théière.

— Tu me fais goûter ton thé ?

Ce furent les dernières paroles prononcées pour la soirée.

Mes premières semaines en classe de terminale se passèrent sans accroc. Je voyais peu mon père, moins encore que l'année précédente. Même si ses absences me pesaient, je n'osais pas lui en parler et j'occupais mes soirées toujours de la même manière : entre études et balades dans la ville. Mon niveau au lycée n'en était que meilleur ; le retard que j'avais en classe de seconde était définitivement du passé et je dépassais même la plupart des élèves de ma classe.

Comme à Bamako, ce bon niveau scolaire me permit de rayonner auprès des élèves du lycée. Un jour d'octobre, alors que nous plaisantions dans la cour avec quelques camarades, Saki me prit à part à ce propos :

— Comment va mon compatriote malien ?

— Ça va, ma chère amie. Que me vaut l'honneur d'une discussion en tête à tête ? La plus jolie fille de la classe s'intéresserait-elle à un corbeau comme moi ?

— Arrête de plaisanter, je ne suis pas là pour conter fleurette, répondit Saki en haussant les épaules. Mais il est temps que tu fasses honneur à notre patrie malienne.

— De quoi vas-tu me parler ? J'ai laissé mes engagements politiques au Mali, ils ont failli me coûter ma scolarité, comme tu sais.

— Ce n'est pas de ça que je te parle, dit-elle en balayant mes paroles d'un revers de main sec. Tu as un tel niveau scolaire, une telle mémoire ! Je pense que tu pourrais donner des cours de soutien à nos camarades de classe, certains en auraient bien besoin... Et ça permettrait à certains orgueilleux sénégalais de voir que le Mali détient quelques-uns des plus beaux cerveaux du continent.

— Ah, la flatteuse que tu es ! Mais tu as peut-être raison. Je vais y penser, chère amie.

L'idée de Saki fit rapidement son chemin. Je n'avais pas osé l'avouer devant ma camarade, mais l'aspect financier était aussi une bonne motivation. Si mon père pourvoyait à mes dépenses scolaires, il était peu généreux par ailleurs. Il me laissait chaque semaine le compte pour m'acheter à manger, mais pas un franc CFA de plus. Je vis donc dans ces cours particuliers l'opportunité de gagner un peu d'argent pour me permettre quelques extras. Il fallait que j'en parle à mon père, je savais qu'il serait mécontent d'apprendre par une autre personne que j'avais entrepris une activité rémunérée. Je m'en entretins avec lui le dimanche midi suivant, lors d'un des rares déjeuners que nous prenions encore ensemble à la cantine « Chez Fanta », située à quelques rues de chez nous. Mais c'est un autre aspect du projet que je mis en avant alors que nous étions en train de terminer notre poisson sauce yassa :

— J'ai eu une idée dont j'aimerais te parler, si cela ne t'importune point.

— Je t'écoute mon fils, dit-il alors qu'il continuait à dépiauter la tête de son poisson.

— Tu le sais peut-être, mais je suis devenu l'un des meilleurs éléments de notre classe de terminale. C'est grâce à tes conseils si j'en suis là, mais je ne compte pas m'endormir sur mes lauriers. Je pense à donner des cours du soir. Je pourrais aider mes camarades qui en ont besoin et ainsi consolider mes acquis. Ne m'as-tu pas toujours répété « la répétition fixe la notion » ?

Il posa ses couverts et me regarda pour répondre :

— Tu dis vrai. C'était une des maximes que me répétait sans cesse mon premier professeur bien aimé, il y a bien longtemps. Si tu y vois un avantage pour ton apprentissage, et non pas un frein, pourquoi pas. Simplement, je souhaite que tu enseignes à des garçons. Je ne voudrais pas qu'il y ait des histoires avec des jeunes filles de bonne famille. La vertu est la plus grande des valeurs pour un bon musulman.

Il poussa son assiette et avala son verre d'eau d'un trait, il avait fini de manger.

Je n'avais pas pensé à cet éventuel aspect de la question. Ce n'était pas un problème pour moi. Les filles m'intéressaient toujours aussi peu et il y avait plus de garçons que de filles dans notre classe. Et surtout, mon père n'avait pas relevé que je pourrais ainsi gagner de l'argent par mes propres moyens, et c'était bien là ce qui m'importait.

— Je comprends tout à fait, et je suis heureux que tu me soutiennes dans ce projet. Je t'en remercie.

Le repas se termina en douceur, et nous quittâmes la cantine après avoir avalé un rafraichissant jus d'hibiscus glacé en guise de dessert.

Au début, je n'avais pas perçu le changement. Ou peut-être ne voulais-je pas le voir.

Je me trouvais de plus en plus occupé, entre les journées au lycée, mes propres devoirs et les heures où j'accompagnais mes camarades à réaliser les leurs. J'avais rapidement trouvé trois élèves, sélectionnés parmi les plus mauvais de la classe. Ils venaient chacun deux fois par semaine chez moi pour réviser et approfondir ensemble ce que nous apprenaient nos professeurs. J'avais aménagé ma chambrette en casant un tabouret supplémentaire près du petit bureau de bois, sous la fenêtre aux bougainvillées.

Mes journées passaient très vite, et je voyais de moins en moins mon père depuis notre dernier déjeuner

Chez Fanta. Je ne le croisais que quelques instants en début de journée, à peine le temps de se saluer.

C'est un matin de début novembre que le doute s'immisça pour de bon en moi. Ce jour-là, il était encore mieux apprêté que d'habitude. Depuis Bamako, il n'avait jamais arrêté de faire attention à son apparence, bien au contraire. J'avais associé cette coquetterie avec son nouvel emploi, mais je me demandais quand même pourquoi il portait un habit différent chaque jour. Ce jour-là, son boubou turquoise resplendissait et les superbes dessins qui l'ornaient semblaient brodés de fils d'or. Toute la journée, son image resta dans un coin de ma tête.

Le lendemain matin, tout tremblant, je laissai mon père partir au travail et, au lieu de le suivre de quelques pas pour me rendre au lycée comme chaque jour, je contournai la cour pour me glisser par la fenêtre entrouverte de la salle d'eau. Il la laissait toujours ouverte, car il savait que Moussa, le jardinier, arrivait bien avant l'heure d'arroser et gardait toujours un œil sur qui entrait et sortait dans la cour.

Je me rendais très peu dans les pièces où vivait mon père. Parfois le dimanche, quand nous prenions quelque chose à déjeuner au marché et que nous revenions manger à la maison. Je n'étais pas venu chez lui depuis plus d'un mois.

Je rentrai dans sa chambre le cœur battant. Depuis tout petit, ma mère m'avait interdit l'accès à la chambre parentale, à moins qu'elle ne m'ait donné explicitement une indication en ce sens. Le boubou turquoise était froissé sur la chaise au pied du lit. Ses broderies me fascinèrent à nouveau. Je m'approchai pour les regarder de plus près.

Je reculai d'effroi.

Je l'avais sentie, très nettement. Une odeur reconnaissable entre mille : celle du *Thiouraye*.

« Le *Thiouraye*, c'est l'arme de séduction des Sénégalaises. » Cette phrase je l'avais entendue mille fois sur le marché de Grand Dakar. Des mamies édentées essayaient de me vendre leur encens en m'expliquant que pour les Sénégalaises, être belle et sentir bon allaient de pair et, que si je voulais être aimé d'une femme, il fallait à tout prix lui offrir du *Thiouraye*. Pour faire plaisir aux vendeuses, je ne refusais jamais d'humer leurs produits. L'habit de mon père était imprégné de *Thiouraye*…

Mille pensées se bousculèrent dans ma tête, je n'arrivais pas à comprendre ce qui semblait pourtant être une évidence. Ma gorge se serra et j'éclatai en sanglots. Je ne sais pas combien de temps je restai ainsi, les bras ballants, les joues remplies de larmes, à deux pas du lit de mon père. Au bout d'un moment, je réussis à reprendre mes esprits et j'eus peur d'être surpris par Moussa, qui devait venir arroser d'un moment à l'autre. Alors que je me retournai pour sortir de la chambre, je ne pus m'empêcher d'ouvrir la porte du placard de mon père. Des costumes en nombre, des dizaines et des dizaines de boubous d'étoffes et de couleurs différentes.

Sa collection était incroyable. Je n'osai les toucher de peur qu'il remarquât quelque chose. Je fermai précipitamment la porte du placard et me retrouvai dans la rue en quelques secondes à peine. Au lycée ce jour-là, je n'entendis rien de ce que mes professeurs racontaient. Je reportai mon cours du soir et, dès que la journée de classe fut terminée, je me précipitai à Grand Dakar. Je retrouvai sans peine une des mamies avec qui je papotais parfois, à l'occasion de mes balades :

— Ma tante, dis-moi, le *Thiouraye* on s'en sert pour quoi ?

— Ah ça y est, tu as écouté mes conseils, tu veux en acheter pour ta petite chérie ?

— Oh ma tante, cesse de me taquiner, je voudrais savoir quelles sont les utilisations de cet encens. À quoi cela peut-il servir, à part dans les relations intimes ?

— Il n'y a qu'une seule raison pour lesquelles les Sénégalaises s'en servent : c'est pour faire plaisir à leur partenaire, surtout en période de fraîcheur, ça leur permet d'adoucir la relation, si tu vois ce que je veux dire.

Devant mon visage décomposé, l'ancienne se ravisa :

— Mais si tu cherches vraiment la tradition, nos aïeux s'en servaient à des fins mystiques, notamment pour purifier les morts et protéger les nouveau-nés.

Déjà, je n'écoutais plus la vendeuse. Mon père n'avait jamais cru en ce qu'il qualifiait de « marabouterie ». Et il n'y avait eu ni mort ni nouveau-né autour de nous. L'usage du *Thiouraye* était donc à des fins intimes. Le monde entier venait de s'écrouler sous mes pieds.

Dakar – la déflagration.

Après cet épisode, ma vie changea du tout au tout.

Pour saisir l'onde de choc qui me traversa, il vous faut comprendre les valeurs qu'on m'avait inculquées dans ma jeunesse. J'avais été éduqué dans le plus grand respect d'Allah, de la religion et de la tradition. À chaque fois que mes parents avaient quelque chose d'important à m'expliquer, ils s'en référaient à Dieu. Le devoir de respecter Dieu ainsi que les personnes aimées avait bercé toute ma jeunesse. Ma mère m'avait raconté depuis ma plus tendre enfance à quel point il fallait être honnête dans ses sentiments et à quel point avoir un cœur pur était la plus honorable des qualités. Si mon père ne s'était jamais prononcé à ce propos, il avait toujours été évident pour moi qu'il partageait son point de vue. Avec le recul qui est le mien en écrivant ces lignes, je mesure à quel point j'étais naïf et idéaliste.

Le choc n'en fut que plus fort.

Avec la découverte du *Thiouraye* sur les habits de mon père, c'est tout mon univers qui venait de voler en éclat. Je ne comprenais simplement pas comment cela était possible.

Peu à peu pourtant, différents morceaux d'un puzzle que je ne pensais même pas avoir sous les yeux commençaient à s'agencer dans ma tête : mon pressentiment difficilement descriptible alors que je rentrais de Bamako, l'étrange lueur dans les yeux de mon père lors de l'annonce définitive concernant

Maman, ses tenues, aussi superbes les unes que les autres et, surtout, ses absences répétées de la maison. Mon cerveau commençait à reconstituer ce que je n'osais imaginer.

Il fallait pourtant que ma vie dakaroise suive son cours. Nous étions en pleine année scolaire de terminale et les professeurs nous donnaient plus de travail que jamais. Entre le lycée, les devoirs le soir et le soutien scolaire, mon emploi du temps me laissait peu de répit. J'aurais pu choisir d'arrêter les cours du soir, mais je sentais monter en moi une rage qui m'indiquait le chemin inverse : je voulais dépendre le moins possible de ce père, et souhaitais maintenir ma précaire indépendance financière. Je choisis donc de trouver un élève de plus. Ce ne fut pas difficile : les trois camarades à qui j'enseignais avaient vu leur moyenne remonter. Si au début je fus très flatté par leur décollage scolaire, après l'épisode du boubou turquoise, plus rien ne me faisait vraiment d'effet.

Toutes mes pensées étaient hantées par mon père : avait-il vraiment une maîtresse ? Si oui, qui était cette femme ? Étaient-elles plusieurs ? Depuis combien de temps cela durait-il ? Allait-il quitter Maman ? Ma pauvre mère, ma gorge se serrait en pensant à elle. Elle qui m'avait fait tant de bénédictions pour que mon père et moi nous entendions. Elle qui le défendait en tout lieu depuis toujours. Elle qui était si droite, si forte, si pieuse.

J'admirais tellement Maman. Personne ne méritait ça, et elle moins que quiconque. J'étais accablé.

Malgré tout, je n'avais pas de preuve tangible. Si je me confrontais à mon père, d'une part, il retournerait la situation en m'insultant pour avoir pénétré son intimité, d'autre part, s'il m'écoutait jusqu'à la fin, il pourrait toujours nier : une odeur n'était pas un élément infaillible. Une part de moi-même espérait follement que je me sois trompé sur toute la ligne. Je souhaitais voir encore en mon père cette montagne de droiture et de piété qu'il avait toujours incarnée et dont il m'avait rebattu les oreilles depuis ma plus tendre enfance. Mais il me fallait en être sûr.

Je commençai à surveiller ses allées et venues. Les matins suivants, je le suivis quand il démarrait sa journée. La dizaine de jours où je me prêtai à l'exercice, il filait effectivement à l'ambassade. Je restais planté près du bâtiment quelques minutes, espérant quelque chose, un signe ou quoi que ce soit qui me permettrait d'être sûr. Évidemment, je ne découvris rien : il n'allait pas batifoler aux fenêtres de l'administration à neuf heures du matin. Je dus revenir sur ma stratégie, les retards s'accumulaient au lycée et je ne voulais surtout pas que mon père soit convoqué par le directeur. Le soir, dès que j'étais à la maison, je guettais les retours de mon père. Il rentrait généralement entre vingt-deux heures et minuit, ce qui semblait raisonnable, vu son travail dans la représentation. Si j'essayais de lui en parler, il pourrait toujours justifier ses horaires par des dîners diplomatiques et des obligations professionnelles. Je n'osais pas interroger le jardinier. On ne mord pas la main qui nous nourrit : s'il était au courant de quoi que ce soit, je le voyais mal trahir son patron et semer la zizanie dans la famille, au risque de perdre son emploi.

Je finis par découvrir la vérité sans même l'avoir cherchée. C'était un mardi dont j'allais me souvenir toute ma vie.

Je venais de commencer les cours de soutien avec Abdou, mon dernier élève. Mes soirées étant bien remplies, nous avions convenu de nous retrouver entre midi et deux. Ces jours-là, je ne déjeunerais pas au lycée comme à l'accoutumée. L'heure de soutien était terminée et Abdou venait de partir. J'étais seul dans ma chambrette, étendu sur ma natte, je m'offrais une petite sieste avant de repartir au lycée. C'est alors que je les entendis, en train de rigoler dans un mélange mielleux de français, wolof et bambara :

— *Reeni xol*, viens par là…

— Oh *n'diarabini*, tu es sûr qu'on a le temps ?

— Allez ma chérie, on va bien s'offrir un petit dessert, non ?

Mon souffle se bloqua et je restai la bouche ouverte, tel un poisson hors de l'eau. J'étais stupéfait. Même si j'y pensais depuis plusieurs jours, je n'aurais jamais cru qu'il puisse faire ça ici, sous son toit, dans la chambre conjugale où son épouse légitime avait déjà dormi, et où il était question, il y a peu encore, qu'elle le rejoigne. Je n'osais bouger de peur d'être repéré. Au bout d'un moment, je pris mes claquettes à la main et je sortis le plus discrètement possible. Je ne fus que l'ombre de moi-même le reste de la journée.

Toute la nuit, les quelques mots entendus tournèrent en boucle dans ma tête : il lui avait parlé wolof, elle lui avait répondu en bambara, et dans une telle familiarité. Ils devaient se connaître de longue date. Je n'avais pas vu la fille, mais sa voix était légère et fluette, on aurait dit celle d'une adolescente. Je me battis la nuit entière avec ces voix et quand le sommeil me gagnait quelques minutes, flottaient devant mes yeux des images de mon père tenant la main de mes camarades de lycée.

Au petit matin, je m'assis sur une chaise sous les bougainvillées de ma chambre. Je vis mon père sortir de la maison, comme si de rien n'était. Me saluer, comme si de rien n'était. Et partir pour l'ambassade, comme si de rien n'était. Le cauchemar continuait. Je voulais qu'il me donne des explications, des bonnes raisons, que tout s'arrête. Tout mais pas ce masque comme si de rien n'était. Mon monde venait de s'effondrer.

Le jour suivant, je n'allai pas au lycée. Toute la matinée, je restai caché dans les plantes derrière la maison. Je m'étais installé sous la fenêtre de la salle d'eau. S'il revenait dans la maison, je l'entendrais. Je calculai, hier il était revenu à la fin de ma pause déjeuner, en tout début d'après-midi. Qu'en serait-il aujourd'hui ? Je pouvais bien consacrer une journée, même plusieurs, à mettre en lumière la face cachée de mon père.

Je n'eus pas à attendre bien longtemps. Il n'était pas encore midi quand j'entendis des rires venir de la salle de bain. Celui de mon père bien sûr, et un autre, dont le timbre était différent de la veille. Cette voix féminine semblait plus mature, presque rocailleuse, comme si la personne avait beaucoup fumé. J'étais atterré. Mon père se livrait à ses activités avec différentes partenaires. Je n'en pouvais plus : je me levai et partis sans prendre la peine d'être discret.

— Quel est ce bruit mon chéri ? dit la voix rocailleuse.

— Ne t'inquiète pas, ce doit être le jardinier, répondit mon père d'un ton mielleux. Viens plutôt t'occuper de moi.

Je me bouchai les oreilles et courus de toutes mes forces jusqu'à la mer. J'étouffais, transpirais et claquais des dents en même temps. Je passai le reste de la journée hagard, face à l'océan. Seul le va-et-vient de l'écume réussit à atténuer un peu la douleur sans fin qui se creusait dans ma poitrine.

J'avais peu dormi la veille, je n'avais rien mangé depuis plus de vingt-quatre heures et j'étais épuisé. Sans m'en rendre compte, je m'étais assoupi sur la plage. Quand je me réveillai, la nuit était tombée et l'humidité avait mouillé ma chemise, que je n'avais pas changée depuis la veille. Je marchai jusqu'à la maison d'un pas lourd, la tête vide et la bouche pâteuse. Je faisais tout mon possible pour ne penser à rien.

Je ne sais pas quel cours aurait pris notre relation si j'avais eu l'esprit plus clair avant de revoir mon père. Or, il était dans la cour de notre maison alors que j'arrivais. Il venait de finir sa prière à l'air libre comme il le faisait souvent le soir, et il était en train de se recueillir en silence, assis sur un tabouret, son tapis de prière roulé dans sa main.

Mon sang ne fit qu'un tour quand je l'aperçus. Le voir ainsi dans une posture de piété déclencha en moi une violence dont je n'avais même pas conscience :

— Ah ! Qu'est-ce que tu peux bien lui raconter à Allah, quand tu pries après avoir fait tes saletés ?

Ma phrase eut l'effet escompté : on aurait dit que mon père venait de prendre un uppercut, son visage se décomposa et sa mâchoire resta béante. Je ne savais pas s'il avait compris mon allusion ou si c'était mon impolitesse assumée qui l'avait choqué. Dans notre culture, tenir tête à son père est un interdit absolu, quoi que ce dernier ait pu faire. Jamais je ne m'étais entretenu avec lui d'un quelconque sujet d'importance sans lui demander la permission au préalable, et jamais non plus je ne m'étais permis la moindre critique à son égard. Mon ouverture d'esprit et mes séjours dans différentes contrées m'avaient rendu plus téméraire que mon père ne l'aurait cru… et que je ne l'aurais cru moi-même. La surprise abasourdissait mon père et son silence me permit plus d'audace encore :

— Ne fais pas l'innocent avec moi, je sais à quoi tu joues pendant les pauses déjeuner.

Sa surprise laissa place à la colère.

— De quoi tu me parles, petit effronté ? Depuis quand parle-t-on ainsi à son père ? Ce n'est pas ainsi que j'ai élevé mon fils, et je te défends de me parler ainsi.

— Ah oui ? hurlai-je. Tu me défends de te parler ainsi ? Et sur quel principe ? Sur le principe de la religion ou de la famille ? Sur le principe du respect ou celui de la fidélité ? Ou bien sur un principe que t'ont appris tes petites putes ? Raconte-moi un peu, ça m'intéresse.

J'avais hurlé, j'avais perdu mon souffle et mon cœur battait à toute allure. Mon père prit son temps pour me répondre et leva sur moi un regard noir et plein de haine que je ne lui avais jamais vu :

— Je ne te dois pas d'explication, je suis ton père, tu me dois la vie. Moi par contre, je ne te dois rien, strictement rien, espèce de chien.

Il se leva lentement, sans détourner son regard noir. D'un pas aussi sûr que tranquille, il me tourna le dos sans un mot de plus et rentra dans la maison.

Cette nuit-là fut à nouveau remplie de cauchemars. Je dormis très peu. Je pleurai énormément. Colère et déception, haine et tristesse, tout était mêlé en moi. Je pensais beaucoup à ma chère mère. J'aurais tout donné pour être près d'elle à ce moment-là et me réfugier sur ses hanches comme je le faisais si souvent petit, quand mon père m'effrayait. Mais elle vivait à Bamako et moi à Dakar, et je n'avais plus l'âge de me réfugier dans les bras de Maman. Après une très courte nuit, ma décision fut prise : si mon père me tournait ainsi le dos, je me détournerais de lui plus encore.

Je revins au lycée en expliquant au proviseur que je venais de faire une crise de paludisme aussi courte que soudaine. Vu mon teint crayeux, je n'eus pas de mal à lui faire croire que j'étais malade. Je tins le même discours à mes camarades et mes élèves, que j'avais abandonnés sans explication ces dernières heures.

Sans le savoir, mes élèves allaient devenir une part du plan que j'étais en train d'élaborer contre mon père. J'avais pensé à mille choses pendant la nuit, et celle-ci me paraissait la plus simple à mettre en place. Je les retrouvai dans la cour de l'école à la pause matinale et leur parlai en ces termes, d'une voix aussi calme que déterminée :

— Salut mes frères, je suis désolé d'avoir été absent ces derniers temps, je crois que le rythme des cours en soirée ne me convient pas trop, vous voyez ma tête, je pense que je me fatigue trop.

— Tu ne vas pas nous lâcher en cours d'année, grand frère ? me coupa Abdou.

En tant que dernier arrivé parmi mes élèves, il craignait plus que les autres que je l'abandonne en cours d'année.

Je me composai un sourire pour reprendre :

— Non, ne t'inquiète pas, je suis un homme de parole, j'ai promis de vous accompagner jusqu'au bac, je le ferai. Par contre, je préférerais qu'on réorganise nos emplois du temps. Actuellement, je vous donne les cours en soirée, et je souhaite qu'on les prenne sur la pause de midi, comme cela je pourrais me reposer un peu plus le soir. Et vu que j'habite assez près du lycée, je vous propose de vous donner ces cours entre midi et deux, chez moi, ça vous irait ?

Aucun de mes quatre élèves n'y vit d'inconvénient. Ils ne se doutaient pas qu'ils participaient ainsi au plan que j'étais en train d'élaborer contre mon père.

Le soir, je rentrai chez moi assez tôt pour croiser Moussa.

— *Salam Aleykoum*, Moussa.

— *Aleykoum Salam*, Monsieur. Ça fait plaisir de vous voir tôt, il y a rarement du monde à cette heure-là à la maison.

— Oui je sais, j'ai un agenda presque aussi rempli que mon père, répondis-je dans un sourire jaune. Je voulais justement te voir pour parler un peu d'agenda.

— Je vous écoute, Monsieur.

— À partir de demain, je vais changer les horaires de mes cours de soutien. Je suis fatigué de rester tard le soir avec mes élèves, et je vais les emmener à la maison pendant les pauses déjeuner. Je sais que tu dois arroser les bougainvillées, alors je te préviens, comme cela tu pourras t'organiser pour le faire en dehors de mes heures de cours, entendu ?

Moussa ne laissa rien paraître, si ce n'est une légère palpitation sur ses narines dilatées. Je devinais qu'il savait pour mon père et ses maîtresses : il ne pouvait en être autrement, il passait des heures dans notre cour. En homme de main dévoué, je me doutais qu'il passerait le message à son patron pour lui éviter le scandale. Si je venais de découvrir que mon père tenait à ses maîtresses, je savais depuis toujours qu'il tenait plus que tout à sa réputation.

La première partie de mon plan était en place : occuper le terrain pour lui laisser le moins de temps possible de faire de nouvelles saletés à domicile.

Depuis qu'il m'avait traité de chien, mon père ne m'avait plus adressé un mot. Les semaines suivantes, notre relation fut inexistante : il partait le matin sans un mot et, le soir quand nous nous croisions, il ne me parlait pas non plus. Jamais je ne le vis le midi, et je supposais qu'il avait changé ses habitudes à cause de moi.

Cette situation était loin de me convenir pour autant. Si j'avais réussi à occuper le terrain de la maison, je me doutais que mon père avait simplement changé d'adresse. Je ne savais pas quoi faire face à lui, mais ce qui était sûr, c'était que ce problème m'obsédait. Si la honte m'obligeait à ne rien laisser paraître auprès de mes camarades, à l'intérieur de moi, j'étais en perpétuelle ébullition.

Un nouvel acte de notre relation se joua au lycée, bien malgré moi. Le second trimestre venait de s'achever et mon père était convié par notre directeur pour la réunion des parents. Il n'y en avait que deux par an, et ne pas y venir aurait dénoté dans l'attitude de sage que se donnait mon père aux yeux du monde. Nous ne nous étions pas parlé depuis notre dernière confrontation.

Nous étions assis tous les trois dans le bureau du directeur : ce dernier d'un côté du vaste bureau noir jonché de papiers noircis de sa fine écriture, mon père et moi de l'autre côté, dans une promiscuité devenue rare. Les pales du ventilateur tournaient dans un bourdonnement régulier. Je ne le savais pas, mais mon père aussi avait un plan. À peine les salutations terminées, il prit la parole en ces termes :

— Je vous remercie de nous recevoir, Monsieur le Doyen, je suis très inquiet de la scolarité de mon fils et, si cette réunion n'avait pas eu lieu, j'aurais provoqué un rendez-vous. Puis-je me permettre d'accéder à la requête qui m'inquiète ?

— Bien sûr, bien sûr, répondit le directeur en lissant sa barbichette blanche dans un sourire bienveillant.

Je devinais qu'il adorait la manière dont le flattait mon diplomate de père en lui donnant du « Monsieur le Doyen », le directeur était plus jeune que lui, et voir un homme si parfaitement paré s'adresser ainsi à lui touchait une corde sensible. Je me demandais bien où voulait en venir mon père. Mes résultats scolaires n'avaient pas pâti de la situation et je m'étais malgré tout maintenu dans le peloton de tête de ma classe depuis le début de l'année.

— Évidemment, je sais que mon fils a de bons résultats. Sans vouloir me flatter, j'ai veillé chaque instant sur sa scolarité depuis sa plus tendre enfance et je sais qu'il ne peut en être autrement, Monsieur le Doyen.

— En effet, en effet, ronronna le directeur.

— Cependant, il y a pour moi une différence entre bons résultats et excellents résultats. Pour mon fils, je vise l'excellence. Je sais qu'il a démarré dans la vie avec des atouts et je ne veux pas qu'il s'endorme sur ses lauriers. Il a peut-être 16 ou 17 de moyenne générale, mais je sais qu'en y consacrant plus d'énergie encore il pourrait flirter avec 18 ou 19.

— Pourtant, tous ses professeurs donnent le maximum, dit le doyen en se pinçant les lèvres.

— Ne vous méprenez pas, Monsieur le Doyen, répondit mon père dans un sourire, il n'est pas question de votre équipe pédagogique, que je trouve toujours aussi formidable, mais plutôt des fréquentations de mon fils. Il s'est mis en tête de partager ses savoirs avec quelques-uns de ses camarades, et cela occupe beaucoup son agenda. Aussi, je me demandais si vous pouviez m'aider à raisonner mon fils en ce sens. Plutôt que d'enseigner aux autres, il pourrait apprendre un peu plus lui-même.

J'étais abasourdi. Il se permettait de manipuler ainsi le directeur de l'école, sous couvert de son intérêt pour moi, alors qu'il cherchait simplement à récupérer son terrain de jeux pour recommencer ses saletés. La colère monta et je dus serrer mes poings jusqu'au sang pour ne pas me mettre hors de moi. Malgré toute la rage qui me serrait les entrailles, je savais que je ne pouvais m'emporter devant le directeur. Si je cédais à ces sentiments, je risquais la suite de ma scolarité. Je ne me souviens pas de ce qui s'est dit pendant la fin de cet entretien, auquel j'assistai tel un automate en fixant toute mon attention sur le bourdonnement lancinant du ventilateur.

C'est sur le trottoir de l'école que les chevaux de la colère qui demeuraient en moi ne purent être retenus plus longtemps :

— Tu te paies des putes et tu m'obliges à arrêter d'envoyer de l'argent à Maman ? Car oui, l'argent que je gagne, j'en envoie plus de la moitié à ma chère mère. Elle a pleuré et béni notre vie au Sénégal la première fois qu'elle a reçu le mandat. Alors que toi, ton argent il passe où ? Je ne m'abaisserai pas à redire ce mot devant toi. Mais ce que je peux te dire, le voici : je te hais de tout mon être. À partir d'aujourd'hui, je ne te considère plus comme mon père.

— Cela tombe bien, car je ne suis pas le père d'un chien, me répondit-il en crachant à mes pieds.

Je n'avais jamais vu mon père cracher, je l'avais piqué au vif.

Le directeur mit sa parole à exécution et convoqua mes quatre élèves pour leur relater la discussion avec mon père. Quand je m'entretins ensuite avec chacun d'entre eux, seul Abdou accepta de continuer malgré tout. Vu où j'en étais avec mon père, je préférai l'emmener le soir à la maison, après la classe. La suite des événements me montra que ce fut une sage décision.

Même si je n'avais pas d'élèves à qui enseigner, je gardai l'habitude de rentrer pendant ma pause déjeuner pour me reposer un peu. C'était inconsciemment peut-être une manière de garder un œil sur les agissements de mon père.

Quelques semaines après l'entretien avec le directeur, alors que je faisais ma sieste de la mi-journée, qui était devenue une habitude, j'entendis du bruit dans la cour. Je n'en revins pas, il avait repris ses sales manières à domicile. Il me fallut improviser. J'attrapai le balai qui restait dans un coin de ma chambrette et je me mis à remuer mes quelques meubles de la manière la plus bruyante possible : je voulais signifier à mon père que j'étais là et qu'il se couvrirait de honte s'il se présentait avec sa copine devant son fils. Ce n'est malheureusement pas ce qu'il advint. Alors que je remuais natte, bureau et tabouret avec toute l'énergie que je pouvais, j'entendis une nouvelle voix féminine derrière moi :

— Oh ! Il y a quelqu'un dans la cour, mon chéri ?

— Ne t'inquiète pas, ma douce, ce doit être le fils du jardinier venu l'aider pour le ménage.

Le tabouret que je tenais en main m'échappa tant je fus surpris par sa réponse.

— *Woulou den,* « c'est toi le fils de chien » criai-je en bambara pour que mon père l'entende.

« Chien », « fils de jardinier », je n'existais vraiment plus pour mon père.

L'année scolaire continua malgré tout. Je n'adressais plus la parole à mon géniteur et, depuis le jour où il m'avait désigné comme le fils du jardinier, je l'évitais plus que jamais. Je réussis tout de même à maintenir de bons résultats, qui, s'ils se maintenaient à un niveau plus qu'acceptable, ne devinrent jamais excellents. Malgré les longues balades en bord de mer qui avaient le don d'adoucir un peu mes humeurs, je ne trouvais pas assez de tranquillité d'esprit pour exceller comme je l'aurais pu.

Alors que la semaine des épreuves du baccalauréat approchait, je sentais que j'avais du mal à faire face. D'un côté, même si j'étais un bon élément, je sentais la pression des examens qui montait. Et de l'autre, le mélange de tristesse et de colère que provoquait la pensée de mon géniteur ne me quittait presque jamais. Je ne le compris pas sur le coup, mais c'était là un cocktail explosif.

La déflagration eut lieu une semaine avant ma première épreuve du bac. J'étais à fleur de peau et, lors de mes révisions pour l'épreuve de philosophie, j'étudiais *Le Dictionnaire philosophique* de Voltaire. Je révisais dans ma chambre, juste après le déjeuner, et mon sang se figea quand je tombai sur cette citation : « En amour l'infidélité est un grand crime, mais le public et la nature l'excusent. » Non, ni la nature ni le public ne devaient l'excuser, je n'étais pas d'accord avec ces mots. Comment un grand philosophe pouvait-il penser cela ? Je m'insurgeai intérieurement. Et alors naquit une idée : j'allais attendre mon père sur son lieu de travail et voir si le public excusait là-bas son infidélité. Savaient-ils au moins qu'il avait déjà juré sur le Saint Coran et qu'il avait une famille entière à sa charge ?

    Je terminai mon après-midi au lycée sans écouter aucun de mes professeurs et je courus vers l'ambassade où il travaillait. Mon géniteur sortit moins d'une heure après, entouré de trois personnes dont deux jeunes femmes. Je ne sus s'il avait des relations avec l'une d'elles, mais dès que je l'aperçus je m'exclamai :

    — Bonjour à vous Messieurs, et surtout Mesdames. Savez-vous que je suis le fils du premier lit de ce cher Monsieur Makan ? Figurez-vous que je prépare mon épreuve de philosophie et une phrase de Voltaire m'interroge… « En amour l'infidélité est un grand crime, mais le public et la nature l'excusent. » Qu'en pensez-vous ?

    Je n'eus pas le temps de continuer. La puissante gifle qui s'abattit sur moi me fit tomber par terre. Avant que j'aie eu le temps de me relever, mon géniteur dit à ses collègues de continuer leur route et qu'il souhaitait régler ce différend seul. Je n'eus pas le courage de le taper en retour : j'eus devant les yeux un flash de ma mère en pleurs. Mon père m'empoigna par le col, m'emmena une rue plus loin et voulut me frapper à nouveau au visage. Je l'esquivai en me baissant et en profitai pour cracher sur ses mocassins parfaitement cirés. Je reculai en hurlant :

— C'est uniquement par respect pour l'éducation de Maman que je ne te refais pas le portrait. Tu es un moins que rien et tu n'assumes même pas tes conneries. Je te hais.

Je fis volte-face et partis en courant jusqu'à la mer.

Je restai longtemps assis au bord de l'océan. Je retournai la situation en tous sens et, après plusieurs heures de face à face avec les vagues qui finirent par me calmer un peu, je pris alors une décision. Si ce n'était pas les poings qui allaient régler la situation, ce serait peut-être la loi.

Je me rendis au commissariat de Bel Air. Je ne me rendais pas souvent dans ce quartier derrière la gare, et je pensais que mon père non plus. Je supposais qu'il n'y avait pas de relations. J'expliquai la situation au préposé à l'accueil. Il me demanda mon nom et nota les grandes lignes de ma venue : je portais plainte contre mon père qui venait de me rouer de coups. Il ne laissa rien paraître, mais je me doutais que ma démarche surprenait. Le respect parental était une valeur aussi forte au Sénégal qu'au Mali.

La suite des événements me montra que je m'étais trompé. Mon père avait là des amitiés. Au bout de deux heures, le temps que je suppose nécessaire aux policiers pour vérifier qui était le père concerné par cette inédite situation et pour vérifier qu'ils ne commettraient pas d'impair compromettant pour leur carrière s'ils faisaient respecter la loi, on me mena de la salle d'attente à une toute petite pièce. On y nota ma déposition en quelques courtes lignes. Je croyais encore que ma requête avait une chance d'aboutir.

Moins de dix minutes après, mon espoir s'envola : deux gardiens de la paix vinrent me chercher et me menèrent au sous-sol du commissariat. J'étais tellement surpris que je ne pensai même pas à me débattre. On venait de m'enfermer dans une cellule de trois mètres sur trois sans fenêtre, où s'entassaient déjà quatre personnes à l'apparence patibulaire. Ils allaient devenir mes camarades de cellule pour les interminables heures à venir. Nous devions nous relayer pour nous asseoir sur l'unique banc crasseux qui meublait la pièce privée d'air et de lumière. On nous emmenait une assiette immangeable deux fois par jour et un trou dans un coin servait pour nos besoins. Les mêmes pensées tournèrent en boucle dans ma tête : comment en étais-je arrivé là ? Comment pouvait-il me faire subir tout ça à moi, son propre fils ? Comment pouvait-il vivre ainsi dans le mensonge permanent ?

Je bouillais intérieurement, mais je ne pouvais rien laisser paraître dans cet espace si exigu. Je dus refouler au plus profond de moi rage et colère à chaque instant.

Je crus devenir fou.

Sans aucune explication ni autre forme de procès, je fus rendu à l'air libre au bout de trois jours. Il ne restait que quarante-huit heures avant le baccalauréat. Il avait gagné : je n'eus aucune énergie pour me confronter à mon père. Je ne voulais pas qu'il gagne sur un tableau supplémentaire en me faisant échouer à l'examen ultime. J'eus de même trop peu d'énergie à consacrer aux dernières révisions, pourtant indispensables. Je me présentai aux épreuves, aussi peu préparé que concentré.

J'obtins mon baccalauréat avec mention Bien, un bon résultat, mais loin de l'excellence dont j'aurais pu être capable. À peine le certificat obtenu, je m'achetai un billet de train Dakar-Bamako avec les dernières économies qu'il restait de mes cours de soutien. Sans voir mon père que je n'avais pas croisé depuis notre violente altercation devant l'ambassade, je quittai définitivement le Sénégal.

III

Bamako – la langueur.

Les heures de train me menant à Bamako me parurent les plus longues de ma vie. J'étais exténué mais je ne parvins pas à fermer l'œil du trajet. Les bruyants passagers n'y étaient pour rien. Je ne m'étais pas remis des derniers événements. Le bas du dos me faisait encore énormément souffrir et aucune position assise ou debout ne me soulageait. La douleur s'estompait seulement un peu quand je marchais, et encore, il fallait que je fasse attention à ce que ma foulée ne soit pas trop longue. Une gêne était aussi apparue à l'arrière de mes genoux. La promiscuité du train ne me permit pas de me délasser le corps autant qu'il l'aurait fallu.

La colère qui montait en moi dès que je pensais à mon père était loin d'être apaisée, mais pendant ce trajet, c'est l'inquiétude à propos de Maman qui occupa le plus mes pensées.

Comment allais-je pouvoir lui expliquer mon retour ? Quelle serait sa réaction ? Pourrais-je lui dévoiler la vérité ou devrais-je m'obliger à lui mentir ?

J'étais tellement stressé que je ne pus rien avaler du trajet.

J'arrivai à Bamako dans l'effervescence de la fin d'après-midi, la gare était en ébullition. Je n'avais prévenu personne de mon retour et, malgré les nombreuses sollicitations des taxis, je partis à pied chez ma mère. Plus d'une heure de marche me permit d'y voir plus clair et de reprendre un peu mes esprits. Mon corps, lui, était toujours endolori, et plus je m'approchais de chez Maman, plus le creux des genoux me démangeait.

— Maman, Amadou est rentré, Amadou est rentré !
Ma sœur Aya annonça joyeusement mon arrivée à la cantonade.

Le chien aboyait à tout rompre ; les visites étaient inhabituelles une fois la nuit tombée.

— Par la grâce de Dieu, que fais-tu ici mon fils ? Vite Aya, va me chercher une chaise, je me sens mal !
Maman avait blêmi en me voyant sur le pas de la porte : ma triste allure lui parla plus que mille mots.

— Oh Maman, je suis désolée, lui dis-je en éclatant en sanglots.

Je me jetai contre sa poitrine. Nous restâmes quelques instants dans les bras l'un de l'autre au milieu de la cour. Mon chagrin pouvait enfin s'exprimer et mes pleurs ne semblaient jamais pouvoir finir.

Aya nous apporta deux chaises, Maman s'empressa de s'asseoir et je dus me décoller d'elle à regret.

— Sèche tes larmes mon fils, tu es un homme, tu ne peux pas pleurer comme un enfant. Va te rafraîchir et reviens me parler.

Dans la salle de bain, mon reflet me fit peur. J'avais le visage couvert d'une épaisse poussière où les larmes avaient creusé deux sillons. Des cernes noirs marquaient ma peau claire et mes habits étaient tout chiffonnés. Jamais je ne m'étais présenté ainsi devant personne.

Je me lavai le visage à grande eau et époussetai mes habits tant bien que mal. Je jetai un œil à l'arrière de mes jambes : d'immenses plaques d'une sorte d'eczéma marron foncé inconnu jusqu'alors étaient apparues.

Le front plissé et les mains occupées par son chapelet, Maman m'attendait sous le manguier :

— Je t'écoute mon fils.

— Maman, je viens de rentrer par le dernier train de Dakar et j'ai réfléchi pendant tout le trajet à comment te parler.

Je retins un sanglot et ne pus résister à l'irrésistible envie de me gratter les genoux.

— Prends ton temps. Aya, amène de l'eau pour ton frère et repars étudier dans la maison.

La sensation de l'eau glacée me rafraîchit la gorge et les idées. Je réussis à me contenir pour enfin livrer ce que j'avais sur le cœur :

— Oh ma Maman chérie, je ne sais pas comment te dire. Je t'en supplie devant Allah, ne me pousse pas à te mentir…

Ma mère leva un sourcil : je ne m'en référais jamais à la religion. Mon allusion à Dieu adoucit un peu son expression. J'y trouvai le courage nécessaire pour continuer :

— C'est à propos de mon père, je ne peux te donner de détails car je ne veux pas l'insulter devant tes yeux purs. Je n'ai pas réussi à tenir ma promesse, pourtant j'ai essayé. Nous avons eu une énorme altercation, dont je ne peux te parler… Vraiment Maman, tu le vois, je souffre de toute mon âme en te parlant. Je suis tellement désolé.

Je tombai à ses pieds elle et me remis à pleurer.

— Ça va, ça va mon garçon, je vois que ton cœur est honnête ce soir. Que veux-tu faire maintenant ?

— Voici mon certificat du Baccalauréat que j'ai obtenu à Dakar. Je souhaiterais poursuivre les études ici à Bamako, répondis-je en séchant mes larmes.

Maman prit le document entre ses mains et le regarda longuement. Elle ne fit aucun commentaire devant la mention, pourtant elle savait que ce n'était pas le meilleur de moi-même qui était illustré sur ce morceau de papier.

Elle commença une longue prière et termina par des bénédictions sur mon certificat. La voir calme et apaisée m'aida à reprendre mes esprits. Je me promis de tout faire pour ne pas me ridiculiser en pleurant à nouveau devant elle. Seuls les chants des grillons venaient perturber le silence qui s'était installé. Après une nouvelle prière, Maman reprit :

— Je ne sais pas ce qu'il s'est passé avec ton père, et j'ai le cœur lourd ce soir. Tu connais ma position à ce propos : en tant que fils c'était à toi de faire des efforts. Si tu ne peux les faire aujourd'hui, j'espère qu'Allah te donnera le courage d'en faire plus tard et de renouer pour de bon avec celui grâce à qui tu es de ce monde.

Maman s'interrompit à nouveau pour prier. Je n'osai lui partager ce que je ressentais. J'avais l'impression qu'un volcan brûlait continuellement en moi. Si mon père n'avait pas fait ces saletés, rien de tout cela ne se serait passé. Néanmoins, la tranquillité de Maman m'aida à me calmer un peu plus. Elle finit par poursuivre le fil de sa pensée :

— Quoi qu'il en soit, je ne veux pas que tu t'éloignes à nouveau de moi, ton seul autre ascendant direct. Je suis d'accord pour que tu restes vivre à Bamako. Tu pourras habiter avec ta sœur et ta grand-mère sous mon toit, mais je te demande deux choses.

— Oui Maman, tout ce que tu veux, je t'écoute.

— D'abord, je souhaite que tu me racontes ce que tu fais au quotidien : où tu vas, avec qui tu sors et à quelle heure tu rentres. Je veux savoir comment tu occupes tes journées pour que tu ne fasses pas de nouvelle bêtise qui pourrait t'éloigner de ta lignée. Ensuite, je souhaite que tu arrêtes la politique. Avant de penser au pays, tu dois penser à toi et à ton éducation.

Je fus un peu surpris par la seconde demande de Maman. La première ne m'étonna guère : vu le peu d'information que je lui avais livré, elle pouvait s'imaginer n'importe quoi, y compris sur ma propre attitude. Cela me fit mal au cœur qu'elle puisse penser du mal de moi, mais je n'avais pas le choix, je devais garder pour moi les sales découvertes que j'avais faites sur mon père, je ne voulais pas être celui qui piétinerait le cœur de ma mère. Je compris aussi entre ses mots que Maman souhaitait me garder dans son giron.

Qu'elle puisse souhaiter que j'arrête de m'investir dans l'AEEM ne m'avait par contre jamais effleuré l'esprit, je n'avais jamais senti que cela puisse la déranger. Même si l'idée de quitter cette association me pesait, je ne pouvais me permettre aucune objection. Bien des mères à la place de la mienne m'auraient traité de fils maudit et ne m'auraient pas accepté avec elles, de peur de la réaction de leur époux, quoi que ce dernier ait bien pu faire.

Une fois de plus, Maman faisait preuve d'indépendance, d'ouverture d'esprit et d'un immense amour à mon égard.

J'acceptai ses conditions sans broncher :

— Oui Maman, je ferai ce que tu m'as dit, tous les soirs je te raconterai comment j'occupe mes journées et j'irai au plus tôt à l'AEEM pour leur dire que je ne peux me réinvestir avec eux.

— Que Dieu t'entende et t'accompagne.

— Veux-tu que je nous prépare un bon thé comme tu l'aimes ?

Maman resta assez silencieuse et récita de nombreuses rak'at. J'essayai pour ma part de me concentrer sur le positif de ma nouvelle situation et mis toute mon attention dans les gestes pour préparer le thé. La soirée se passa en douceur, nous sirotâmes la boisson chaude et je me laissai bercer par les bruissements de la rue.

    Je retrouvai mes amis du grin où je les avais laissés une année plus tôt, assis sur les mêmes chaises en plastique dépareillées, autour d'un réchaud en train de préparer du thé, devant la maison des parents de Flani. Je ressentis un sentiment étrange quand je m'assis avec eux : il s'était passé tellement de choses dans ma vie ces derniers mois, j'avais l'impression d'être une autre personne et d'avoir appris tant de choses sur les difficultés de la vie. Eux semblaient ne pas avoir bougé d'un iota. Je me sentais à la fois loin d'eux, et à la fois rassuré par leur nonchalance habituelle. Au moins, il restait un point fixe dans ma vie.

    À part Maman, je ne parlai à personne de mon altercation. À ma sœur et à mes amis, j'expliquai simplement que le Mali et Maman me manquaient trop. Il était de notoriété publique que j'étais très proche de ma mère et personne ne remit en cause cette explication qui paraissait logique. Bien des fois, j'aurais aimé me confier à Flani, partager avec lui ma peine et ma colère qui étaient toujours intactes. Malgré toutes les années d'amitié qui nous liaient, j'avais peur qu'il ne me comprenne pas et qu'il me juge. Même si nous nous taquinions souvent sur bien des sujets, l'affront absolu dont j'avais fait preuve envers mon père aurait pu mettre une distance entre nous. Et plus que tout, je ne souhaitais pas me retrouver seul. Je ravalai donc mes envies de me confier.

Les semaines suivant mon retour, je pensai beaucoup à Maman et à sa réaction le soir de mon arrivée. J'y songeai de longues nuits en écoutant les pales du ventilateur tourner et en me retenant de gratter les démangeaisons de mes jambes qui ne s'amélioraient pas. La manière d'être de ma mère était une grande source d'inspiration pour moi. Si plus que tout je ne souhaitais pas ressembler à mon père, ressembler à Maman m'animait au plus haut point. Elle était juste dans ses actes et dans ses mots. Qu'elle accepte de me « reprendre » sous son toit alors qu'elle savait que j'avais claqué la porte au nez de mon père montrait l'immensité de son âme. Je l'avais toujours vue se plier à une sorte de piété maritale et elle me montrait aujourd'hui que son cœur de mère était plus vaste et courageux encore que son cœur d'épouse. La suite de ma vie continuerait à me le montrer et elle me soutiendrait à chacune des épreuves qui m'attendaient.

Je souhaitais lui témoigner le plus grand des respects. Cela me donna un peu de courage pour laisser derrière moi mes mésaventures dakaroises et reprendre mes esprits. Je devais m'investir dans mes études.

La rentrée approchait et je ne savais dans quelle filière universitaire m'inscrire. Mon diplôme sénégalais pouvait m'ouvrir toutes les portes des facultés que je désirais. Les lettres m'inspiraient beaucoup, mais je ne me voyais pas devenir enseignant. Je me décidai finalement pour le droit privé. Je voulais que personne ne souffre de la même injustice que celle que j'avais subie à Dakar et je pensais peut-être pouvoir un jour faire évoluer le droit des familles. De plus l'Université de Bamako qui prodiguait les cours juridiques se situait à moins d'une heure à pied de chez Maman, cela m'éviterait de prendre les horribles *sotramas*, ces minibus faisant office de transports en commun qui étaient toujours bondés par des Bamakois aussi irrespectueux que désagréables.

Je tins ma promesse et, en même temps que je retirais le dossier d'inscription pour l'université, je passai à la salle des jeunes, où l'AEEM finissait sa réunion de rentrée. Beaucoup de visages m'étaient familiers. Le secrétaire de l'association n'avait pas changé. Il posa le dossier qu'il lisait avec attention et me fit un accueil chaleureux :

— Alors le Sénégalais, on est de passage au bercail ?

— Bonjour Grand Frère, oui je suis de retour au pays. Je vais m'inscrire en droit privé à Bamako.

— Ah ? Notre système universitaire n'est finalement pas si mauvais ? me dit-il dans un éclat de rire.

— Pas du tout Grand Frère, je suis très motivé pour étudier ici, répondis-je dans un demi-mensonge. Par contre, je ne pourrai pas m'investir à nouveau cette année. Mes parents souhaitent que je me consacre uniquement à mes études.

— Oh, c'est dommage, tu nous avais bien aidés avec ta tête si bien faite ! Mais la parole des parents est sacrée. S'ils l'ont dit ainsi, ne va pas à leur encontre... pour le moment du moins, tu pourras essayer de revenir plus tard s'ils changent d'avis.

— Je te remercie de ta compréhension, Grand Frère. Et je te le promets : si vous avez besoin d'un coup de main sur la rédaction d'un tract ou quelque chose comme ça, vous pouvez passer chez ma mère. Tant que ce n'est pas trop long et qu'on reste dans la cour, je pourrai toujours vous dépanner.

— C'est là qu'on reconnaît les vrais hommes de parole : je sais que tu seras toujours prêt à servir notre cause. Je me rappellerai ce que tu viens de dire. En attendant, allons boire un thé et raconte-moi un peu comment ils sont organisés niveau études au Sénégal.

Nous nous installâmes dans la poussière de la cour de la salle des jeunes. Devant la théière qui commençait à bouillir, je fis le récit de mon expérience scolaire dakaroise…

Je débutai ma première année à l'Université de Bamako qui venait d'être créée. Elle regroupait la plupart des facultés et instituts du pays. On pouvait y recevoir tous types d'enseignements, des langues à la médecine, en passant par la gestion. Des étudiants de l'ensemble du Mali se côtoyaient sur ses bancs. Mais si cet établissement n'avait pas dix ans, les classes étaient déjà bondées !

L'état global de l'Université de Bamako laissait à désirer. Le ménage n'était pratiquement jamais fait, les ordures peu ramassées. Il n'était pas rare que les étudiants résidant sur place s'organisent pour réaliser eux-mêmes ces tâches qu'un seul fonctionnaire mal payé devait effectuer sur l'ensemble du campus. Sur le trottoir longeant les murs de l'université s'était organisé un commerce illégal dès le lendemain de la rentrée. On y retrouvait toutes les fournitures inimaginables, vendues pièce par pièce : règle, trousse, stylo Crystal, crayon de bois, gomme… et, de manière plus surprenante, des crayons de couleur et des feuilles de papier étaient vendus à l'unité ! Les livres recommandés par les professeurs se trouvaient facilement sur ce marché, même si c'était la plupart du temps des photocopies réalisées sur un papier de piètre qualité. Je le compris en reconnaissant quelques visages familiers parmi les vendeurs : ces commerces de trottoir étaient une annexe du grand bazar de Bamako.

Le niveau des études au Mali était bien plus faible qu'à Dakar et je m'en rendis compte dès les premiers jours : certains de mes camarades savaient à peine écrire le français ! Les professeurs avaient du mal à retenir notre attention. Leur démotivation était manifeste, et j'en connaissais la raison principale depuis mes années d'engagement à l'AEEM. Les enseignants d'université maliens étaient largement moins bien payés que leurs homologues de la sous-région, quand leurs salaires n'avaient pas oublié d'être versés…

J'avais chaque semaine peu d'heures de cours, aussi inintéressantes les unes que les autres. Dans ce contexte peu propice, je m'accrochais pour poursuivre au mieux mes apprentissages, je ne voulais pas décevoir une nouvelle fois Maman.

À côté de mes études, le reste de ma vie se déroulait en douceur. Le quotidien avec Maman et ma sœur était bien plus bienveillant qu'à Dakar. Nous nous retrouvions souvent à la nuit tombée sous le manguier de la cour pour nous raconter nos journées autour d'un thé. Même si je prenais le temps nécessaire pour réviser chaque jour, mes rares heures de cours me laissaient le temps de retrouver Flani et mes amis du grin, avec qui j'avais toujours autant de plaisir à discuter.

Au niveau de mes relations sentimentales, c'était par contre le calme plat. D'avoir vu mon père réaliser ses saletés à Dakar m'avait donné moins envie encore de m'approcher des filles : je ne voulais en aucun point lui ressembler. Je flirtai tout de même un temps avec l'une des cousines de Flani qui me tournait autour depuis des années, et qui était revenue vers moi à mon retour de Dakar. Notre relation ne dura que quelques semaines et je la quittai avant qu'elle ne puisse espérer le moindre engagement de ma part. Ni elle, ni Flani, ni personne ne comprit ma réaction : nous nous entendions très bien et ne nous étions jamais disputés. En mon for intérieur, la raison était aussi claire qu'inavouable : je ne voulais pas me mettre en position de trahir un jour une personne respectueuse et respectable comme mon père l'avait fait avec Maman, même si pour cela je devais laisser filer une belle histoire. La cousine de Flani pleura beaucoup, mais rien ne put me faire revenir sur ma décision. Je préférais être seul que déshonorer une belle personne. Cette attitude vis-à-vis des femmes resta pour de nombreuses années ma seule ligne de conduite.

Le temps s'étira. De maigres cours d'université en révisions scolaires, de discussions en visites chez les uns ou les autres, de petites courses pour des cuisines où l'on ne stockait jamais rien en longues palabres pour oublier l'ennui, le temps fila et les jours passèrent dans une langueur que je n'ai jamais connue depuis sous d'autres cieux.

Le premier semestre était bien avancé quand une rencontre changea le cours de mon existence. Je me demande encore parfois ce que ma vie aurait bien pu devenir si je n'avais pas été dans les environs du Palais de la Culture de Bamako ce jour-là et si je n'avais pas croisé la route de Will Walker…

Bamako – la rencontre.

Le destin tient souvent à peu de choses. Ce jeudi-là, je passais comme souvent une partie de l'après-midi avec Flani et nos amis du grin. Pour une fois, nous avions changé notre point de rendez-vous. J'étais allé chercher mes amis à la sortie du lycée où ils étudiaient encore et, en attendant un ami qui discutait avec son enseignant, nous nous étions installés devant la boutique d'à côté, à quelques rues du fleuve. Je ne me souviens pas de quoi nous parlions, mais la discussion était joyeuse, car c'est à la fin d'un éclat de rire qu'il nous apostropha :

— Sais-tu où trouve Palais de Culture ? nous demanda dans un mauvais français un homme blond et filiforme qui ne passait pas inaperçu sur sa moto Yamaha Dame jaune, avec son visage écarlate.

Mes amis rigolèrent en bambara :

— C'est bien un *tlobleni* celui-là, en faisant allusion au surnom qui était donné aux colons sensibles au soleil malien, « petites oreilles rouges ».

— C'est au bout de la rue à droite et encore à droite, le Palais de la Culture. Je peux vous y accompagner.

J'avais répondu sans laisser le temps à mes amis de continuer leur plaisanterie. Contrairement à eux, je m'étais déjà trouvé dans la position de l'étranger qui ne comprend pas les codes.

Alors que je montais à l'arrière de sa Yamaha, Will Walker se présenta. Dans son mauvais français teinté d'accent anglais, je compris qu'il était un réalisateur canadien et qu'il voulait rencontrer les danseurs du Ballet National.

Nous arrivâmes au Palais de la Culture en moins de cinq minutes. Il n'y avait personne sur place. J'aidai Will Walker à échanger avec le gardien qui ne parlait que bambara. Celui-ci nous renseigna :

— Ils ne sont jamais là les après-midis, mais ils reviendront demain matin Inch'Allah. Ils répètent normalement tous les jours de semaine aux alentours de dix heures.

Je traduisis la réponse en anglais à Will Walker, qui s'enthousiasma :

— Aucun problème, *buddy*. Mille mercis de ton aide ! Je ne savais pas que tu parlais si bien anglais, qui est meilleur que mon français. Je t'offre un café pour te remercier.

Je savais que mon niveau d'anglais était plutôt satisfaisant. Parlant plusieurs langues depuis l'enfance, j'avais une bonne oreille et j'avais toujours eu des résultats convenables en classe. Mais c'était l'une des premières fois que je pouvais parler anglais avec quelqu'un d'autre qu'un professeur. J'étais flatté que ce réalisateur fasse de moi son ami, son *buddy*, alors que nous venions de nous rencontrer.

Nous nous installâmes au Café des Arts, situé dans le jardin du palais, en bordure du fleuve. Au-dessus de la petite table en bois et de deux tasses d'un insipide café, nous fîmes connaissance.

Will Walker avait débarqué l'avant-veille de Vancouver. Il était passionné de danse et il avait pour projet de réaliser un documentaire sur la danse et les danseurs maliens. Il était au début de son projet et cherchait des informations :

— Tu connais le Ballet National, *buddy* ?

— Oui, je connais quelques petites choses que je peux vous expliquer. On nous apprend ça à l'école primaire, avec l'étude des années d'indépendance.

J'étais heureux que le souvenir de mes premiers cours d'éducation civique serve mes relations sociales. Je repris en anglais, mêlé de quelques mots en français :

— Le Ballet National du Mali est une institution d'État et ses membres sont des fonctionnaires. Le Ballet a été créé après l'indépendance du pays en 1960, en même temps que d'autres institutions artistiques : l'Ensemble instrumental, l'Orchestre moderne, l'Ensemble dramatique.

— Oh vraiment ? Et à quoi cela servait, *buddy* ?

Si Will Walker ne savait pas cela, c'est qu'il était vraiment au tout début de ses recherches. Je ne laissai rien paraître de ma surprise et continuai de partager ce que je savais :

— Le Ballet National et ces institutions devaient garantir la mise en valeur des différents aspects culturels du Mali. Le Ballet National devait avoir à son répertoire des danses provenant des diverses régions du Mali, afin de pouvoir représenter toutes les populations du pays. Au moment de l'indépendance, ces troupes artistiques ont joué un rôle important dans la définition de l'identité malienne.

— Tu en connais des choses, *buddy*. C'est vraiment une chance que j'aie croisé ta route ! Dis-moi, ça te dirait de devenir mon interprète pour les jours à venir ?

Interprète, moi ? Cela me semblait aussi inespéré qu'excitant. J'étais plus que motivé à l'idée d'accompagner Will Walker dans son projet. Mais je savais que je ne pouvais m'engager sans en avoir parlé avec ma mère. Je n'osai expliquer cela ouvertement et je proposai à Will Walker qu'on se retrouve dans un premier temps le lendemain matin. Je verrais par la suite si je pouvais m'organiser.

Je racontai ma rencontre avec Will Walker à ma mère le soir-même. J'espérais que le sujet la toucherait : elle avait toujours été passionnée de danse. Et même si elle n'organisait plus d'après-midis dansants les dimanches comme quand j'étais petit, elle ne manquait jamais l'occasion de se trémousser lors d'un mariage ou d'une réunion familiale.

J'avais vu juste, une fois mon récit terminé, elle prit la parole :

— C'est une belle rencontre qu'Allah t'a permis de réaliser là. Je suis heureuse pour toi, car je vois bien que tu t'ennuies parfois ici à Bamako. Et Allah seul sait ce que cette rencontre pourra t'emmener de bon. Mais avant que tu t'engages, je souhaiterais que tu invites ce *tlobleni* à boire le thé chez nous, comme cela, je pourrais observer son cœur et voir s'il a de belles intentions. Je ne veux pas que tu fasses de nouvelles bêtises dans tes relations humaines. Cela te convient-il ainsi ?

Je me grattai le creux des genoux et, sans rien laisser paraître de la douleur que l'évidente allusion à ma relation paternelle avait fait monter en moi, je répondis :

— Oui Maman, bien sûr. Je te remercie de me soutenir. Je dois l'accompagner demain matin au Palais de la Culture. Je lui dirai de passer plus tard à la maison.

Le lendemain, je retrouvai Will Walker à l'entrée du Palais de la Culture, un peu avant dix heures. Dès l'entrée du parc, nous entendîmes le son puissant des percussions. Nous saluâmes le gardien qui nous expliqua :

— Ils sont finalement arrivés à neuf heures pour répéter ce matin. Mais vous pouvez aller regarder la répétition et attendre qu'ils terminent pour leur parler.

Je vis une lueur d'incompréhension dans les yeux de mon comparse canadien. Il n'était visiblement pas encore accoutumé à l'élasticité de la temporalité malienne.

Nous traversâmes le parc et atteignîmes les arches couleur sable abritant la salle de danse.

Nous nous glissâmes dans le fond de la salle, où un jeune homme préparait le thé en regardant la répétition. Nous nous assîmes près de lui.

Un spectacle inouï se déroula sous nos yeux ébahis. Une chorégraphie précise et maîtrisée de tous les danseurs dans les moindres détails, les femmes et les hommes dansant tout en puissance, parfois ensemble, parfois dans des tableaux indépendants. Six percussionnistes jouant une musique enivrante et harmonieuse, guidant aussi les danseurs. Énergie, grâce et joie de vivre : je vibrais en assistant à ce qui semblait être beaucoup plus qu'une répétition. Will Walker aussi semblait ému. Je crus même voir de petites larmes se former au coin de ses yeux bleus.

Le jeune préposé au thé me confia :

— Cette chorégraphie est travaillée depuis trois années, elle servira pour la prochaine Biennale de Danse d'Afrique.

À la fin du cours, certains danseurs et musiciens se hâtèrent pour sortir, alors que d'autres s'assirent à même le sol pour discuter d'un ton léger. J'avais expliqué en quelques mots notre projet au jeune homme au thé, il m'avait indiqué la danseuse la plus âgée et m'avait conseillé de m'adresser à elle, une fois la répétition terminée.

C'est ainsi que nous rencontrâmes Yayi Sissoko, qui dansait au Ballet National depuis sa fondation. Elle devait donc avoir bien plus de cinquante ans, et elle m'avait pourtant paru danser telle une jeune fille. Ses yeux rieurs trahissaient aussi son âme d'enfant. Je me sentis tout de suite à l'aise en sa présence.

Je lui présentai brièvement ce que je savais du projet de Will Walker et elle s'enthousiasma :

— Avec grand plaisir ! Tout ce qui peut faire rayonner le travail du Ballet National du Mali m'intéresse. Au début du Ballet, nous voyagions partout dans le monde, et beaucoup moins aujourd'hui. Si ce projet peut nous aider à être reconnus à l'international, je suis partante !

Yayi Sissoko devait partir danser pour un mariage, et elle nous proposa de la retrouver au même endroit la semaine suivante.

Will Walker était aux anges :

— Tu as vraiment fait un boulot formidable, *buddy*. Sans toi, je n'aurais jamais pu avoir aussi rapidement un tel contact, tu m'as fait gagner un temps fou. Alors, tu as réfléchi à ce que je t'ai dit : tu veux bien travailler pour moi ?

Je lui proposai de passer à la maison quand il serait disponible pour en discuter. Il me répondit que nous pouvions y aller sur-le-champ.

Nous arrivâmes chez Maman à la fin de sa pause déjeuner. Je lui présentai Will Walker et nous nous installâmes sous le manguier, où je commençai à préparer le thé.

— Grâce à votre fils, j'ai appris plein de choses et j'ai gagné un temps fou. Nous avons déjà un premier contact pour mon documentaire ! Amadou est vraiment extraordinaire, Madame !

— Merci jeune homme. Qu'Allah apporte longue vie à votre projet.

Sur ces mots, Maman ferma les yeux à demi. Je vis à sa manière de se détendre sur sa chaise qu'elle était en confiance. Will Walker lui avait parlé avec un enthousiasme aussi sincère que spontané. Maman était plus que tout sensible à l'honnêteté.

— Alors *buddy*, penses-tu que tu pourrais devenir interprète pour moi ? Je ne te l'ai pas dit, mais c'est une évidence : tu seras rémunéré pour ce travail. Je te propose dix mille francs CFA pour chaque heure passée ensemble. Et je vais commencer par te régler les deux heures de ce matin, quelle que soit ta réponse pour la suite.

Will Walker sortit de son portefeuille quatre billets de cinq mille francs qu'il posa sur la table basse entre Maman et moi.

Dix mille francs de l'heure ! C'était une très grosse somme pour le Mali, d'autant plus pour moi, étudiant. Je regardai discrètement ma mère d'un œil interrogateur. Je sentis qu'elle avait été sensible à la manière simple et sans fard que Will Walker avait de parler d'argent. Elle hocha subrepticement la tête en abaissant les paupières. Je soupirai de soulagement avant de répondre :

— Entendu mon ami, je veux bien travailler avec toi. Il faut juste que nous nous coordonnions pour que je puisse assister à tous mes cours à l'université.

— Évidemment *buddy*, l'éducation avant tout ! Madame, vous pouvez être fier de votre fils, il ira loin.

Après le départ de Will Walker, Maman me confirma qu'elle était tout à fait d'accord pour que je travaille avec lui. Je lui indiquai que je lui donnerai la majorité de mes salaires. Une grande fierté m'envahit alors que je lui donnais déjà les quatre billets que représentait mon premier salaire. Pour la première fois depuis ce maudit départ de Dakar, je me sentais enfin à la hauteur de ce que Maman attendait de moi, je me sentais enfin un homme.

Je devins donc interprète pour Will Walker. Je le compris en l'accompagnant plus longuement : il était en repérage avant la venue potentielle d'une équipe plus complète. Son séjour au Mali dura un peu plus d'un mois et je l'accompagnai pratiquement chaque jour ouvré au Palais de la Culture. Je le retrouvais parfois le week-end, quand certains des danseurs du Ballet National faisaient des animations pour des grands mariages. En plus de l'interprétariat, je partageais avec lui tout ce que je savais sur la culture malienne. Il prenait énormément de notes, écrivait tout ce qu'il ne comprenait pas et me demandait le plus de détails possible. La plupart de nos discussions se déroulaient en anglais, même si des termes m'échappaient parfois, même en français. Lui m'expliquait énormément de choses sur la danse et la chorégraphie. Il avait déjà réalisé plusieurs documentaires sur cet art qu'il affectionnait au plus haut point.

Au-delà du perfectionnement d'une langue supplémentaire, Will Walker avait ranimé cette passion pour la danse que j'avais laissé filer alors qu'elle datait de ma tendre enfance. Et, je ne le compris que plus tard, il avait surtout semé en moi la soif d'un nouveau pays.

Bamako – l'envie.

Bien que son passage au Mali ait été bref, ma vie prit un autre tour après le départ de Will Walker. Ce travail de quelques semaines combiné aux après-midis dansés de mon enfance porta plus de fruits que je ne l'aurais cru : la passion de la danse continua bel et bien à vibrer en moi. Même si je n'étais pas issu d'une famille où la tradition de la danse était enseignée de génération en génération, je sentais que je ne pouvais pas résister à l'appel de mon cœur. Après le départ de mon ami canadien, je gardai l'habitude de passer au Palais de la Culture, et j'assistai chaque semaine à des répétitions du Ballet National. De semaine en semaine, je me liai d'amitié avec quelques danseurs. Parmi eux, un certain Bakary, dont je me rapprochais beaucoup.

Élevé dans la tradition des griots, Bakary chantait et dansait depuis toujours. Mais il m'avait confié être en recherche d'une danse plus ancrée dans le présent et cet aspect accéléra notre amitié. Il était fréquent que Bakary s'entraîne tout seul, une fois que tous les membres du Ballet avaient quitté la salle de répétition. J'assistais à ses envolées personnelles avec plaisir. Un vendredi matin, alors qu'il venait d'enchaîner de longues minutes de création, il me demanda :

— Alors, que penses-tu de ce que je viens de danser ?

— C'était beau, vraiment.

— Pas de langue de bois entre nous, dis-moi vraiment ce que tu penses, et surtout ce que je pourrais améliorer !

Je me sentis gêné de partager un quelconque avis face à un artiste qui dansait de manière professionnelle depuis des années. Mais comme il insistait, je me permis une recommandation :

— As-tu déjà essayé de danser les yeux fermés et de te laisser guider par ton cœur ? Je pense que tu pourrais gagner en liberté.

Bakary hocha la tête et mit à exécution ma recommandation. Ses mouvements se délièrent plus encore que d'habitude, et gagnèrent une ampleur nouvelle. Il semblait délesté du regard des autres et, par là même, du poids de la tradition.

Après cet échange, chaque fois que l'occasion se présentait, Bakary me demandait mon avis. Je m'habituais peu à peu à lui donner des conseils. Ce que j'avais pu voir au Sénégal et les discussions que j'avais eues avec Will Walker m'avaient aidé à me forger un avis singulier, que j'essayais d'affiner chaque jour un peu plus.

J'échangeais avec Bakary sur comment métisser la danse traditionnelle malienne, parfois figée, du Ballet, avec des mouvements où son corps pouvait s'exprimer dans une plus grande liberté. Je ne connaissais même pas le mot à l'époque, mais je devins auprès de lui une sorte de conseiller artistique.

Je l'ignorais alors évidemment, mais des années plus tard, quand nos destins respectifs nous auraient fait subir bien des désagréments, je retrouverais Bakary sous d'autres cieux et je l'aiderais à nouveau dans ses recherches artistiques.

Assister aux répétitions de danse du Ballet National ou suivre les danseurs quand ils animaient des mariages occupait une bonne part de mon temps libre. Je voyais toujours ma bande d'amis du grin, qui ne manquait pas de plaisanter à propos de mon intérêt ravivé pour la danse. Je n'étais pas sûr qu'ils comprenaient cet engouement, mais cela m'était bien égal. Jour après jour grandissait en moi la certitude que mon avenir différerait de celui de mes amis.

Malgré tout, ma priorité restait mes études. Si elles ne me passionnaient pas plus qu'au premier jour, je ne voulais surtout pas décevoir Maman. Je souhaitais tenir la promesse faite à mon retour de Dakar.

« Dakar. » Prononcer ce simple nom me donnait des démangeaisons. J'essayais d'y penser le moins possible. Des épisodes de ma vie là-bas me revenaient sous forme de cauchemars. Mes nuits en garde à vue, les accents mielleux de mon père en compagnie de ses « copines » et surtout, le sentiment d'une immense solitude. Je le mesurais depuis mon retour au Mali, à Dakar je n'avais eu strictement personne à qui me confier, et moins encore avec qui partager ma peine. Cette solitude, sur laquelle je n'avais pas mis de nom, avait été très lourde à porter pendant mes derniers mois au Sénégal. À

Bamako, j'étais beaucoup plus entouré. Pour autant, je n'avais réussi à partager avec quiconque le triste incident qui m'avait fait quitter Dakar. Mon père avait dû en faire de même de son côté : je n'avais strictement aucun contact avec lui et personne ne fit écho de notre triste séparation. Il écrivait à Maman et à Aya, et je soupçonnais cette dernière de mentir quand elle me disait avec un sourire figé « Papa t'envoie le bonjour ».

Malgré tous les efforts que je faisais pour enfouir mes sentiments au plus profond de moi, à chaque fois qu'il était question de mon père, un goût acide envahissait ma bouche et mes démangeaisons reprenaient. La rancœur à son égard était loin de s'être atténuée.

Heureusement, la danse avait le pouvoir de me faire oublier mes tristes sentiments. Grâce à quelques noms soufflés par Will Walker avant son départ, je m'intéressai au travail des chorégraphes afro-américains. Cela me permettait d'être plus précis dans les retours que je faisais à Bakary, je prenais un plaisir croissant à le conseiller et à l'aider dans ses créations. Je réussis à enregistrer un documentaire dédié à la danse afro-américaine sur la chaîne TV5 Monde, que Maman était l'une des rares personnes du quartier à recevoir chez elle. Je regardais en boucle la cassette, où je me gorgeais de la liberté de création des chorégraphes nord-américains. Le travail de Crystal Fortier et Ginette Gillis que je découvris alors m'enchanta !

J'essayais d'insuffler cette liberté inédite au travail de Bakary et de quelques danseurs du Ballet National qui m'en faisaient parfois la demande.

Mais bien au-delà de ces conseils artistiques ponctuels, je sentais une envie nouvelle grandir en moi : je voulais tenter ma chance dans le Nouveau Monde et réussir loin de chez moi, loin de la triste ombre de mon père. Les mille deux cents kilomètres qui séparaient Bamako de Dakar ne suffisaient pas à soulager ma peine.

IV

Bamako – le visa.

Je terminai ma première année de droit privé major de ma promotion. Si j'étais heureux de partager cette nouvelle avec Maman, je n'en retirai aucune fierté particulière : le niveau de ma classe était particulièrement bas et, après avoir étudié à Dakar, il était logique que je sois en tête de peloton. Au-delà de cette raison, j'étais peu enthousiaste car mon esprit était préoccupé : plus les semaines passaient, plus mon envie se confirmait, je voulais aller étudier et vivre au Canada. Je commençai ma seconde année d'études avec cette seule idée en tête.

Je m'étais renseigné à l'ambassade tout comme à l'AEEM, obtenir un visa étudiant pour le Canada pour un étudiant en premier cycle était impossible. Des accords de coopération existaient, mais principalement pour les troisièmes cycles.

Je ne m'imaginais pas un seul instant continuer à m'ennuyer quatre années supplémentaires sur les bancs de l'université de Bamako. Si la redécouverte de la danse avait été au centre de ma vie pendant quelques semaines, cette passion ne m'occupait pas assez pour me donner envie de poursuivre ma vie ici. Je le sentais au fond de moi, il fallait que je quitte le Mali à la fin de cette seconde année d'études, autrement je deviendrais fou, entre l'ennui du quotidien et les pensées qui me ramenaient continuellement vers les sordides méfaits de mon père.

Ce fut finalement grâce à ce dernier, et bien malgré lui, que je trouvai une solution à mon problème.
Je n'avais pas revu mon père depuis mon départ du Sénégal. Il fut décidé qu'il reviendrait à Bamako au printemps, à l'occasion des congés de la fin du Ramadan, l'Aïd el-Fitr. Cela faisait près de deux ans que nous n'avions pas échangé un mot. Il devait rester trois semaines à la maison.
J'avais pour ma part décidé de ne pas lui adresser la parole en dehors des inévitables salutations et je m'appliquais à passer le moins de temps possible à la maison. Pendant les deux premières semaines de son séjour, je ne me retrouvai pas une seule fois en tête à tête avec lui. Sa simple présence dans la maison m'indisposait. Je bouillais littéralement de le voir agir en bon père de famille comme si de rien n'était. Mes démangeaisons avaient empiré dès son arrivée, elles étaient tellement insupportables que le soir, seul sous le ventilateur de ma chambre, je me grattais jusqu'au sang. Lors d'une de ces soirées d'insomnie, me vint une idée qui me permettrait peut-être de me venger, et surtout de mener à bien mon projet de départ.
Cinq jours avant la date prévue de son retour pour Dakar, je le suivis alors qu'il était sur le chemin de la

mosquée. C'était un vendredi, et c'était le jour où il avait l'habitude de prier à la grande mosquée du quartier quand il vivait à Bamako. Il connaissait aussi bien l'imam que les nombreux fidèles qui se rendaient au lieu de prière.

Quand la maison fut hors de notre vue, je l'interpelai par son prénom :

— Hé, Makan !

— Comment me parles-tu en pleine rue, petit impoli, me répondit-il. Baisse d'un ton !

— Tu n'as aucune leçon de bienséance à me donner. Tu le sais.

Mon père leva sur moi un regard noir de haine, identique à celui que j'avais découvert à Dakar, près de deux années auparavant. Mais cette fois-ci, je m'y étais préparé, je continuai :

— Si je ne révèle rien de tes saletés, c'est uniquement par amour et par respect pour Maman, mais chaque partie de ton être me dégoûte.

Il restait silencieux.

— Je te parle maintenant, car j'ai une dernière chose à te dire : tu vas m'aider à quitter le Mali. C'est à cause de toi si je n'ai pas pu poursuivre mes études au Sénégal, et je ne veux pas foutre ma vie en l'air par ta faute. Tu m'as déjà fait trop de mal !

— Espèce d'ingrat, tu me dis ça à moi, qui t'ai offert la meilleure éducation possible en Afrique de l'Ouest. Tu aurais pu continuer à étudier au Sénégal.

— C'était impossible et tu le sais très bien, mais je n'ai aucune envie de reparler de Dakar avec toi. Aujourd'hui, je te le dis : tu vas m'aider. Tu vas faire jouer tes relations et tu vas m'aider à obtenir un visa pour le Canada, car c'est là-bas que je vais faire ma vie, le plus loin possible de toi.

Mon père eut un sourire mauvais :

— Même si je le voulais, je ne le pourrais pas, je ne connais personne qui travaille pour une ambassade d'Amérique du Nord, et là-bas ce n'est pas comme pour la France, il n'y a aucun passe-droit. En plus, les visas étudiants ne sont donnés que pour les troisièmes cycles, pas pour des morveux comme toi.

— Tu peux bien te moquer de moi : si tu ne m'aides pas à quitter Bamako d'une manière ou d'une autre, je te le promets sur la tête de nos vénérables ancêtres, je raconterai les saletés tu as faites non seulement à Maman, mais aussi à ton imam bien aimé et à toute ta bande d'amis de ton cher grin. Vu les détails que je pourrais donner, même s'ils ne me croient pas, ils auront toujours un doute à ton égard. Il te reste cinq jours pour m'aider.

Mon père ne souriait plus. Je tournai les talons et rentrai à la maison.

Je ne savais pas si je souhaitais réellement mettre mes menaces à exécution, mais mon père m'en avait cru capable. Une heure avant de partir prendre son train pour

Dakar, il passa devant ma chambre et, sans m'adresser un regard, il jeta un papier sur mon bureau :

— C'est ta convocation pour ta demande de visa de tourisme pour la France. La date est pour début juin, tu auras ton visa un mois plus tard, mes contacts à l'Ambassade me l'ont assuré. Ce sont des personnes de confiance. Sache que c'est impossible d'obtenir un autre type de visa.

Je pris la feuille de mes mains tremblantes et écarquillai les yeux sans y croire. Mon père continua d'un ton froid et monocorde sans lever les yeux :

— C'est le dernier service que je te rends. Dis-toi bien qu'à présent nous sommes quittes. S'il te reste la moindre fierté d'homme et le moindre respect pour toi-même, jamais plus tu ne me parleras comme tu l'as fait la semaine dernière. Et je pense que c'est mieux si tu ne t'adresses plus du tout à moi.

Il avait vidé son sac d'une traite glaciale qui n'attendait ni réponse ni remerciement.

À partir de ce jour, mon esprit ne tint plus en place. Il restait plus d'un mois avant l'entretien à l'ambassade de France, mais j'en avais la certitude : j'aurais mon visa. J'allais quitter l'Afrique pour la première fois. J'allai pouvoir tenter ma chance à l'étranger, écrire mon propre destin. À chaque instant de la journée, et le soir plus encore, mes pensées vagabondaient : je m'imaginais à Vancouver, terminer mes études tout en devenant chorégraphe. Je le sentais, loin de mon père et avec tous les possibles qu'offrait le Nouveau Monde, j'étais promis à un grand avenir.

Malgré cette excitation qui ne me quittait guère, je décidai de m'investir davantage à l'université. Je souhaitais finir mon premier cycle avec les meilleures notes possible, qui faciliteraient sans aucun doute mon admission à l'Université de Colombie Britannique, la prestigieuse université de Vancouver. J'essayai de trouver un intérêt auprès des monologues monotones de mes enseignants maliens. Je repris aussi des élèves en soutien scolaire : en enseignant à mes camarades de promotion, j'approfondissais mes cours de manière moins rébarbative.

Ces semaines précédant mon départ de Bamako me laissent un souvenir particulier : d'un côté, ma tête était déjà de l'autre bord de l'Atlantique, mais d'un autre, je profitais le plus possible de ma vie malienne. Je voyais tous les jours mes amis du grin, j'allais plusieurs fois par semaine assister aux répétitions du Ballet National et je m'investissais dans les cours particuliers.

J'eus aussi plusieurs amourettes. Depuis mon histoire avec la cousine de Flani, je ne m'étais guère investi dans mes relations avec la gent féminine. Savoir que j'allais quitter Bamako avait débloqué quelque chose en moi : je partais bientôt et ne m'en cachais pas auprès de mes nouvelles copines, le jeu était clair et je n'aurais le temps de trahir personne avant mon départ.

Je savais que je ne vivrais plus jamais de vie de jeune en Afrique et je voulais profiter de chaque instant.

Bien sûr, je n'avais pas laissé Maman en dehors du projet, cela m'aurait été impossible.

Dès que mon père avait quitté la maison, je l'avais retrouvée sous le manguier pour lui montrer ma convocation, les mains tremblant encore d'émotion. Je lui avais expliqué en quelques mots que j'avais demandé de l'aide à mon père car je souhaitais étudier au Canada.

Sa réaction m'avait surprise. Elle s'était mise à pleurer. C'était la première fois de ma vie que je la voyais dans cet état. Elle m'avait demandé d'aller lui chercher de l'eau et de la laisser se reposer seule quelques instants dans sa chambre, où elle s'était rendue d'un pas lourd.

Quand Maman m'avait rappelé, elle était en train d'égrainer son chapelet, assise sur son lit, les rideaux tirés obscurcissant la pièce. Je m'étais assis sur le tapis, près de la table de nuit. Elle avait plongé ses yeux dans les miens pour me confier d'une voix faible :

— Mes sentiments sont mêlés ce soir, mon fils. Je vois que tu as reparlé avec ton père et qu'il t'a soutenu dans un projet, et ça, ça me fait chaud au cœur.

Elle avait marqué une pause mais je n'avais pas osé lui dire de quelle manière j'avais obtenu l'aide de mon père.

— Je ne suis pas vraiment étonnée que tu veuilles partir à « l'extérieur », m'avait-elle dit en utilisant cette manière propre aux Maliens de désigner l'étranger. Tu as déjà voyagé beaucoup plus que n'importe quel jeune du quartier, et nous connaissons tous deux tes capacités intellectuelles. Tu mérites mieux que ce que l'enseignement malien peut te prodiguer.

Elle s'était arrêtée à nouveau, seules ses mains, imperturbables, continuaient à égrainer le chapelet. Malgré la pénombre, j'avais vu ses yeux se teinter d'une immense tristesse.

— Je suis inquiète, pourtant. Ce n'est pas pour ton cerveau que je m'inquiète, c'est pour ton cœur. Tu es jeune, et tu as déjà connu des difficultés dans tes relations avec les personnes les plus proches de toi. Qu'en sera-t-il quand tu devras démêler le vrai du faux dans les intentions des personnes autour de toi ? Quand tu devras affronter seul des difficultés que ni toi ni moi ne pouvons deviner ?

Ses yeux s'étaient remplis de larme. Elle avait psalmodié un temps et avait repris plus doucement encore :

— Je ne suis personne pour me mettre sur la route qu'Allah a tracée pour toi. Je vais beaucoup prier et, avant ton départ, nous parlerons à nouveau, et si Dieu le veut, tu écouteras les conseils de ta vieille mère.

J'avais voulu lui répondre, la rassurer. Je m'étais appuyé sur la table de nuit pour m'approcher d'elle, mais elle avait levé la main et s'était allongée sur le lit en me montrant son dos. Pour ce soir-là, la conversation était terminée.

Comme toujours, Maman tint parole.

Nous n'avions pas rediscuté de mon départ, bien que je sois mort d'envie de lui en parler encore et encore, je ne voulais pas ramener ce sujet difficile pour elle à tout bout de champ. Le bon moment se présenta alors que je venais de recevoir mon visa. Comme mon père l'avait prévu, tout s'était déroulé sans encombre, j'avais bénéficié de nombreux passe-droits et avais obtenu le précieux sésame en moins de six semaines, un miracle pour un jeune Malien. Depuis que j'avais quitté l'ambassade, je ne pouvais lâcher mon passeport des yeux. Un graal pour une vie nouvelle.

Ce soir-là, ma mère était rentrée avant moi à la maison et elle était dans sa chambre, où elle restait beaucoup plus que de coutume depuis notre dernière discussion. Je supposais qu'elle y priait. Je toquai doucement à la cloison :

— Maman, puis-je entrer ? Je m'excuse de t'importuner, mais j'aurais besoin de te parler d'un sujet important.

— Oui, mon fils, entre.

Elle était en position demi-allongée sur son lit et tenait en effet son chapelet à la main. Elle ne me laissa pas le temps de commencer :

— Je vois dans tes yeux tant d'excitation. Tu as eu ton papier je suppose ? Montre-le-moi.

— Le voici Maman. Tu vois, c'est écrit ici, je dois arriver en France avant la fin du mois prochain et je dispose d'un visa tourisme de trente jours.

Dans la pénombre de sa chambre, je vis un large sourire s'afficher sur son visage.

— C'est bien mon fils. Tu peux être reconnaissant envers ton père, certains attendent des mois ou même des années pour obtenir ce document.

J'essayai d'être le plus neutre possible pour lui répondre :

— Tu as raison, il a vraiment de bonnes relations.

— Il te faut maintenant penser à la suite, mon fils.

Son sourire s'évanouit à ces mots pour laisser place à un air grave. Elle continua :

— J'ai beaucoup prié pour toi ces derniers jours. Voici ce dont je veux que tu te souviennes, aussi longtemps que tu seras loin de moi : sois toujours fidèle à tes valeurs, quoi qu'il arrive. Tu vas peut-être vivre des difficultés que tu n'imagines pas, mais je te demande de toujours suivre ce que te dicte ton cœur, et non pas la facilité ou l'appât du gain. Souviens-toi de ces mots.

J'avais les larmes aux yeux et je lui répondis avec une profonde sincérité :

— Oui Maman, je te le promets. Ces mots seront toujours gravés dans mon cœur.

— *Amin* mon fils. Que Dieu t'accompagne quelle que soit ta route et que tu sois fidèle à ses enseignements.

Maman se détendit un peu et récita plusieurs prières que je répétai avec elle doucement. Elle reprit :

— Il faut aussi penser à l'aspect matériel. J'ai gardé de côté les salaires que tu m'as donnés ces deux dernières années. Ils te reviennent. Je ne pourrais pas mieux les utiliser qu'en t'aidant à avoir un bon départ. J'ai aussi renoué le contact avec des cousines qui sont déjà parties à Paris. Il y a Batoma surtout, elle vit avec ses trois enfants à Paris et tu sais, à chaque fois qu'elle revient à Bamako, elle offre des cadeaux à tout le monde. Elle a une bonne situation en France, elle pourra t'aider. Je lui ai parlé au téléphone cette semaine : voici son contact, elle sait que tu vas bientôt arriver en France.

Je n'aurais jamais cru que Maman me soutiendrait autant dans mon projet de départ. L'émotion était trop forte : je la serrai fort dans mes bras pour lui cacher les larmes qui coulaient sur mes joues.

Les trois semaines précédant mon départ filèrent à toute allure. Cours particuliers en nombre pour grossir mon pécule, achat du billet d'avion, acquisition de quelques habits d'hiver, j'essayai de prévoir tout ce qui pouvait l'être. Je profitai aussi de chaque instant possible avec ma famille : je n'avais aucune idée de quand je les reverrais.

Maman avait prévu de ne pas m'accompagner à l'aéroport, elle craignait que l'émotion soit trop forte et ne voulait pas se répandre en sentimentalisme aux yeux de tous. C'est assise sous le manguier de notre cour qu'elle me donna ses ultimes conseils avant mon départ :

— J'ai vu encore ces jours-ci que tu as bon cœur, mon fils. Tu n'as pas ménagé ta peine pour préparer ton départ et tu as été aussi très présent pour ta sœur, ta grand-mère et moi. Je suis heureuse de voir que malgré toute ton excitation, tu as souhaité rester proche de tes racines.

Je ne voulais pas me laisser dépasser par mes émotions. Je regardai mes pieds pour lui répondre :

— Comment faire autrement, je vous aime. Et Maman, tu as tellement fait pour moi toute ta vie… C'est la moindre des choses.

— C'est bien mon fils, dit-elle en me prenant la main. Je souhaite te dire une dernière chose avant que tu partes. Comme je te l'ai déjà dit, je te demande de toujours suivre ce que te dicte ton cœur.

— Oui Maman, je n'ai pas oublié tes mots de l'autre soir.

Elle soupira et me serra plus fort la main :

— Le plus important mon fils, c'est cela : la foi, le respect de tes valeurs et l'estime de toi ainsi que de chaque être humain font que tu peux arriver à tout dans la vie. Je te demande de me promettre ce soir de toujours te rappeler de ces mots, et de te souvenir d'où tu viens.

Je promis à Maman.

Nous terminâmes la soirée autour d'un verre de thé. Mon excitation était à son comble et je fus incapable de fermer l'œil de la nuit.

Cette excitation ne me quitta pas un instant jusqu'à ce que je sois installé dans l'avion. C'était la première fois que je montais dans un avion et je fus pris de peur quand le pilote mit les gaz. Les prières préférées de

Maman que je répétais en boucle parvinrent à peine à me détendre un peu. Je prêtai peu attention au « ballet des hôtesses », tel que me l'avait décrit il y a des années une professeure d'anglais bien inspirée. L'excitation, la fierté, l'épuisement, l'appréhension, tous les sentiments se mêlaient en moi. L'une des hôtesses dut percevoir mon trouble, elle me proposa un léger calmant pour me détendre. Je sombrai dans un lourd sommeil avant que nous survolions la Méditerranée.

Paris – la réalité.

C'est encore tout engourdi que je passai les contrôles de sécurité. Mes papiers étaient en règle et je me retrouvai rapidement au milieu du hall de l'aéroport Charles-de-Gaulle. Il était convenu que Batoma viendrait m'attendre à la sortie de l'avion.

Personne ne m'attendait « juste après le tapis des bagages numéro neuf » comme elle me l'avait répété à plusieurs reprises lors de notre bref appel. J'en profitai pour observer l'agitation autour de moi. Du sol au plafond, tout paraissait plus neuf et plus propre qu'en Afrique. Les Européens semblaient pressés, et plus fermés surtout, pas une seule personne ne me rendit mes regards souriants. J'essayais de garder une allure détendue, mais l'inquiétude commençait à monter et je me demandais bien ce que je pourrais faire si elle ne se présentait pas. J'étais sur le point de chercher une cabine téléphonique pour appeler Batoma ou, s'il le fallait, le second contact que j'avais noté sur mon petit carnet, quand je vis un fin jeune homme noir marcher dans ma direction avec nonchalance. Charlie, le fils de Batoma, arrivait avec deux heures de retard, mon nom gribouillé sur un papier. Vêtu d'un jogging à capuche, il avançait vers moi avec un regard égaré. Son accueil fut aussi sommaire qu'inhospitalier. Il me laissa acheter moi-même mon billet de train et nous rejoignîmes la lointaine banlieue où vivait Batoma. Alors que nous étions assis dans le train, je lui demandai :

— Penses-tu que nous pourrons voir la Tour Eiffel depuis ce train ?

« Mais il sort d'où, ce blédard ? » marmonna-t-il pour lui-même, mais assez fort pour que je l'entende, avant de me répondre d'un ton ironique :

— Ça se voit que tu viens d'arriver du pays. On ne va ni à la Tour Eiffel, ni aux Champs-Élysées, mais tu vas voir, le Franc-Moisin à Saint-Denis c'est sympa aussi.

Je regrettai aussitôt ma naïveté et me promis de ne plus poser une seule question. Je me tus et plongeai mon regard au-delà de la crasseuse fenêtre du train. Le paysage était triste : les barres d'immeubles succédaient aux barres d'immeubles. Je voyais beaucoup de voitures et très peu de végétation. Les Français que j'apercevais au loin semblaient aussi pressés et fermés qu'à l'aéroport.

Les heures et jours suivant mon arrivée, je restai fidèle à ma résolution : observer en silence. Batoma me fit un accueil guère plus chaleureux que celui de Charlie. Elle habitait avec ses trois enfants dans un sombre deux-pièces mal insonorisé : une chambre pour les enfants, où l'on ajouta pour moi un matelas au sol que je devais rouler au réveil, et un salon-cuisine où elle laissait constamment ouvert son lit à la vue de tous. Comment une Malienne pouvait-elle supporter que son lit puisse être foulé en permanence par toute la famille, et pire, des gens extérieurs au foyer ? Malgré ses quinze années de présence en France, je ne me l'expliquais pas...

 Je compris rapidement le métier de Batoma. Derrière le mot « auxiliaire de vie » se cachait une triste réalité : assister des personnes âgées dont aucun ne voulait s'occuper ici en France. Là encore, un sacrilège pour nous Maliens : comment pouvait-on laisser des étrangers s'occuper de ses ascendants ? Cela me dépassait. Je compris rapidement que Batoma, qui paradait chaque été à Bamako comme une nabab, faisait un travail éprouvant et dévalorisé qu'aucun Français ne voulait faire. Elle partait le matin aux aurores et revenait rarement avant vingt-et-une heures. Ses enfants semblaient habitués à être livrés à eux-mêmes depuis longtemps : Rokia, la fille aînée, n'allait que rarement au lycée, portait des habits extravagants et ne se cachait pas pour traîner avec des garçons différents chaque jour. Je crus comprendre que rendre des services aux trafiquants de drogue du quartier était l'activité principale de Charlie. Quant au petit de sept ans, quand il n'était pas à l'école, il passait son temps rivé au poste de télévision du salon.

 Si l'appartement de Batoma m'était peu agréable, je n'avais aucune envie de passer du temps aux alentours de chez elle. Elle vivait au neuvième étage d'une tour à l'ascenseur toujours en panne, dans un grand ensemble d'immeubles gris. Alors qu'au Mali il était habituel de passer son temps dans sa cour et de rendre visite aux uns et aux autres à longueur de journée, ici, chacun semblait condamné à vivre dans son minuscule appartement. Le hall et le parvis de l'immeuble étaient occupés par des bandes de jeunes, principalement des garçons, tous vêtus de jogging à capuche, à l'image de mon cousin Charlie. Ils semblaient passer leurs journées à attendre et aucun de leur regard, tantôt fuyant tantôt agressif, ne me donna envie d'engager la conversation.

Je ne connaissais rien à la France, mais ce dont j'étais sûr, c'était que je n'avais pas quitté le Mali pour cette vie que je partageais depuis cinq jours seulement, mais qui me déplaisait en tout point. J'étais déconcerté. Et je voyais bien que cette étape-là ne me rapprocherait pas du Canada. J'avais dû taire mes inquiétudes quand Maman avait appelé chez sa cousine pour savoir si j'étais bien arrivé. J'avais prétexté la cherté de l'appel pour être bref. Je lui avais simplement dit que j'avais fait bon voyage et que j'étais bien accueilli. D'un point de vue pratique, c'était presque vrai. Je ne m'étais pas étendu sur le reste, pour rien au monde je ne voulais l'inquiéter.

J'avais sur mon petit carnet les coordonnées de Bouba, le grand frère d'un de mes amis du grin. À Bamako, je pensais vraiment ne pas en avoir besoin et je l'avais noté pour faire plaisir à mon ami. Quand je l'eus au téléphone, Bouba me fit un accueil très chaleureux. Il proposa de passer me voir à Saint-Denis le jour-même et, en moins d'une heure de discussion, il fut convenu que j'allais habiter avec lui.

Bouba vivait avec une famille malienne, qui sous-louait une partie de leur grand logement HLM situé sur les boulevards des Maréchaux, Porte de La Villette. Il avait été très clair dès le départ : il ne me proposait qu'un couchage dans une chambre occupée par six lits superposés, mais il pourrait partager avec moi ses bons plans et contacts et, surtout, m'aider à prendre mes propres marques dans la capitale. À Batoma, je prétextai la situation plus centrale du logement pour justifier mon départ. Elle ne fit même pas semblant d'en être affectée.

Bouba pouvait m'avancer le prix des trois premières semaines de location. Même si la somme était selon lui modique pour Paris, ça représentait l'ensemble de mes économies ramenées de Bamako. Mon visa tourisme expirait dans trois semaines et deux jours, il me fallait trouver une solution pour la suite. Je compris rapidement que je ne pourrais jamais partir directement pour le Canada, je devais commencer par gagner de l'argent à Paris.

Mon plan se dessina : il me fallait avoir un visa étudiant pour terminer ici ma licence tout en travaillant, et partir l'année suivante poursuivre mes études à l'Université de Colombie Britannique.

J'avais tous les documents nécessaires et les bons résultats pour obtenir le visa étudiant. Il ne me manquait qu'une chose : la caution pour justifier de ressources financières suffisantes. Je n'avais pas cet argent et rageais intérieurement qu'une simple attestation bancaire puisse faire échouer mon projet. Il n'y avait qu'une personne à qui je pouvais le demander.

Ma logeuse accepta que j'appelle le Sénégal depuis le téléphone du salon :

— Que veux-tu encore ? répondit mon père quand il entendit le ton de ma voix.

Je lui expliquai brièvement la situation : je n'avais pas besoin d'argent, mais simplement des documents prouvant qu'il se portait garant pour moi. Je précisai :

— Je n'aurais pas besoin du moindre franc CFA, mais simplement des documents. Tu le sais, l'administration française est compliquée. J'ai déjà tous les papiers pour mon inscription, il ne me manque que le garant et ses documents.

— La dernière fois, ne m'avais-tu pas dit que c'était le dernier service que tu me demandais ?

Je serrai mon poing au sang et restai silencieux.

— La réponse est non.

Il raccrocha sans me demander mon reste.

Je dus me répéter bien des fois cette dernière phrase pendant mes nombreuses nuits d'insomnie. Cette conversation fut le point de départ d'une des plus grandes dégringolades de mon existence.

Paris – la honte.

Mon père avait mis à terre tous mes espoirs. Je ne pouvais m'inscrire en tant qu'étudiant en France, je n'avais aucun moyen pour rejoindre le Canada et je ne souhaitais pas revenir vivre en Afrique, à ce moment-là moins que jamais, vu mon dernier appel téléphonique vers le continent.

Deux semaines après la funeste réponse de mon père, mon visa de tourisme expira. Je débutai une vie illégale qui allait durer beaucoup plus que je ne pouvais l'imaginer.

Mon quotidien était terne : je broyais du noir à l'étage de mon lit superposé et j'osais à peine mettre le nez dehors. Il fallait que j'apprenne à raser les murs, à fuir discrètement le moindre homme en uniforme. J'enviais tellement les Français que je voyais déambuler depuis la fenêtre de notre chambre. Par le simple hasard de leur naissance, eux avaient le droit de se balader, vivre et étudier où bon leur semblait sur la planète. J'avais vingt ans à peine et j'allais de désillusion en désillusion ; je réalisais la dure injustice d'être né de l'autre côté de la Méditerranée. Entre rage et impuissance, je dépérissais.

Bouba joua à nouveau un rôle déterminant dans ma jeune vie d'immigré. Un soir, alors que nous étions allongés sur nos couchages respectifs et que nous avions le luxe de n'être que deux dans notre chambre partagée, il me parla en ces termes :

— Alors, Petit Frère, tu te fais à ta nouvelle réalité ?

— Franchement, c'est difficile la vie ici. Je n'ai pratiquement plus un franc en poche et, si tu ne partageais pas tes repas avec moi ici, je ne sais même pas comment je pourrais manger. Je ne suis pas venu pour être mendiant, je suis venu pour étudier... Tu imagines que j'ai toujours été major de promotion et que là, je ne peux même pas m'asseoir sur les bancs d'une université. C'est trop injuste ! Je suis vraiment perdu.

— Ah Petit Frère, c'est ça la vie, c'est difficile, tu vas t'y faire. Tu sais ce qu'un aîné m'a dit quand je suis arrivé à Paris, il y a cinq ans ? Le monde occidental c'est comme un terrain de golf, la boule est toujours blanche et le trou est toujours noir... Je te laisse imaginer le geste.

Je parvins à peine à sourire devant la lubrique boutade de mon colocataire. Il dut lire la peine sur mon visage, car il continua :

— Mais ce n'est pas pour autant qu'il faut te laisser abattre. Une fois que tu as compris que les règles ne sont pas faites pour nous, tu apprends à contourner le système. Et entre Maliens et Africains, il y a un truc que les Blancs ne pourront jamais nous prendre, c'est la solidarité.

Je soupirai en pensant à Batoma, à qui les Blancs avaient dû réussir à prendre cette valeur. Bouba continua :

— Ne t'inquiète pas, y a des solutions. Tu sais, je peux t'aider à en trouver une, de solution. Il suffit que tu rencontres un Africain qui a des papiers en règle, et qui accepte de te les « prêter » pour que tu puisses travailler à son nom. C'est très simple, on fait tous ça au début.

Une solution ? Ce mot me sortit de ma torpeur :

— Ah bon ? Et il a quoi à gagner là-dedans, ton Africain en règle ?

— Une partie de ton salaire, tiens ! C'est aussi simple que ça, tu lui verses un pourcentage de tes gains chaque mois.

Le système était effectivement rôdé. Bouba m'accompagna le soir-même au métro Château d'Eau, où le café des Délices était quasiment dédié à des rencontres entre chercheurs et prêteurs d'identité. Dans la salle contiguë embrumée de fumée, je rencontrai Maurice, un franco-ivoirien qui allait me prêter son identité pour les semaines à venir. Un tiers de retenue de salaire et un premier test d'un mois. Il n'en était pas à son coup d'essai, son précédent travailleur n'était pas revenu de ses derniers congés au pays et il avait l'air ravi à l'idée de notre « collaboration ».

Tout s'était passé très vite et, déjà, nous prenions le chemin de la Porte de la Villette.

Quand je retrouvai un semblant de calme en haut de mon lit superposé, je songeai à Maman. Je me remémorai ses dernières paroles. Que devais-je faire ? J'en étais là par la faute de mon père. Je bouillais intérieurement, et physiquement aussi. Mon eczéma qui avait empiré depuis mon arrivée à Paris ne me laissait aucun répit. Je me grattais au sang. Je lui en voulais tellement. Mon père n'aurait eu qu'à me faxer trois documents pour changer ma vie. J'essayai de me calmer en pensant à la douceur de Maman. Je récitai quelques prières.

Et alors, je compris : malgré tout ce qui m'arrivait à nouveau par la faute de mon père, je ne devais pas faire rimer illégalité et immoralité, autrement, il allait gagner sur tous les tableaux. Si j'acceptais de travailler illégalement quelque temps, je devais à tout prix le faire sans bassesse morale, et sans tromper aucune personne innocente.

Je devins agent de sécurité. Le travail était simple. Les contrats étaient courts et pas trop mal payés, les enseignes sous-traitaient les services d'agences indépendantes peu regardantes. Être considéré comme un simple pion avait son avantage : je n'avais le sentiment de tromper personne. Je travaillais dans les supermarchés des quatre coins de l'Île-de-France, dans les grands magasins des beaux arrondissements parisiens, dans des événements sportifs et dans des festivals. Les contrats s'enchaînaient et ceux de nuit étaient les mieux payés. Malgré la retenue de Maurice, je gagnais assez d'argent pour payer mon loyer et envoyer quelques mandats à Maman. J'étais resté très vague sur ma situation, et quand nous arrivions à nous parler au téléphone, je lui disais invariablement que je préparais mon départ pour le Canada. Ce qui n'était pas vraiment un mensonge. Je pouvais donc mener une petite vie avec cet argent, mais le travail d'agent de sécurité était loin de me permettre de gagner assez pour payer un nouveau départ au Canada, et moins encore les frais d'université américains.

Mon dernier contrat d'agent de sécurité se déroula au club Le Paradis, situé dans la rue éponyme du dixième arrondissement parisien. J'y travaillais depuis deux semaines et j'avais sympathisé avec la personne qui s'occupait de l'accueil des publics, lui-même Malien. Un soir où il y avait peu de clients, je lui fis part de mes projets :

— Tu sais, être agent de sécurité ce n'est qu'une étape pour moi, je suis en route pour le Canada.

— Si tu savais combien d'Africains j'ai connu, qui étaient exactement à ta place et m'assuraient n'être là que pour quelques semaines... ils se retrouvaient tous à la même situation des années après. Ah petit, tu ne me croirais pas !

— C'est différent pour moi. J'ai un vrai projet, et sans vouloir dévaloriser mes prédécesseurs, je peux t'assurer que moi, j'ai aussi la tête bien pleine.

— Si tu le dis... Mais tu as aussi la tête bien faite, me répondit-il avec un large sourire. Et d'ailleurs, si vraiment tu veux te faire de l'argent plus rapidement que dans la sécurité, ta belle tête pourrait peut-être t'aider. Ça te dirait de gagner beaucoup, beaucoup de billets ?

Il me présenta le directeur des équipes, qui m'expliqua le poste en question. On me proposait de devenir accompagnateur privé. Je n'avais jamais entendu parler de ce type d'emploi, on développa : au Paradis, un accompagnateur privé accompagnait des femmes d'âge mûr en manque de compagnie pour les aider à passer une soirée agréable. Il s'agissait de boire un verre ensemble, de les accompagner sur la piste de danse, et parfois jusqu'à la fin de leur nuit.

Évoquer cette triste période me couvre de honte aujourd'hui encore. Une seule chose avait toujours été claire pour moi, et cela me donnait un tout petit peu de baume au cœur : au moins ces femmes étaient toutes consentantes et la seule personne qui n'était pas respectée, c'était moi-même.

Les semaines passèrent, je compris les codes et les règles du club, et je gagnais chaque week-end un peu plus. J'évitais au maximum les miroirs : je n'avais plus le courage de me regarder dans les yeux. L'arrière de mes genoux me grattait chaque fois que je cherchais le sommeil. Allongé sur mon lit superposé, les jambes en feu, pensées, doutes et remords montaient en moi et semblaient ne jamais pouvoir s'arrêter. Invariablement, je me demandais comment j'avais fait pour tomber si bas. Je remuais le problème dans tous les sens et je ne voyais pas comment faire : si je voulais partir au Canada, il me fallait gagner de l'argent, et beaucoup. Je faisais tout pour ne pas revenir à celui qui était à l'origine de ma situation actuelle, mais mes pensées me ramenaient trop souvent vers lui…

La seule chose qui me consolait était que je savais que cela ne durerait pas. J'aurais bientôt assez épargné pour enfin traverser l'Atlantique.

V

Vancouver – la chance.

Je n'avais parlé à personne de mon nouvel emploi, ni à Bamako bien sûr, ni à Paris. Je réalisais pourtant que Bouba et mes autres colocataires devaient bien se douter de quelque chose : trois ou quatre fois par semaine, je ne rentrais jamais avant l'aube. J'avais tu mon activité par honte, mais aussi pour ne pas attirer l'attention sur mes gains. Une grande partie de ces nouveaux revenus m'étaient donnés de la main à la main, sur le lit des chambres d'hôtel, ou parfois même dans le salon des femmes solitaires que j'accompagnais pour une nuit. En rentrant me coucher, je glissais les billets dans une enveloppe que je conservais sous mes habits, dans la doublure de ma valise. Je restais le plus discret possible et gardais mes distances avec mes compagnons de chambrée.

Bouba continuait pourtant à veiller sur moi. Cela faisait des années qu'il n'avait pas vu sa famille à Bamako, et je crois qu'il compensait ainsi son rôle de grand frère.

Un après-midi, alors que j'émergeais avec difficulté d'un lourd sommeil, il s'adressa à moi d'un ton léger :

— Alors Petit Frère, ça va comment ? On n'a plus le temps de causer ces temps-ci...

— Ça va, ça va. La vie est dure ici, tu le sais aussi bien que moi. À part le boulot qui me prend trop de temps, ça va. Je mets de l'argent de côté pour partir au Canada et je pense que j'en aurais bientôt assez !

— C'est une bonne chose, je te souhaite vraiment d'y arriver ! Mais tu sais, il ne te faut pas simplement de l'argent pour aller au Canada, il te faudra aussi des papiers.

— Je sais Bouba, je ne suis pas né de la dernière pluie. Je compte faire comme la dernière fois, commencer avec un visa de tourisme et ensuite improviser sur place. Avec la volonté que j'ai, je sais que je vais y arriver !

— Je ne doute pas de ta volonté, Petit Frère, répondit Bouba en me cognant gentiment l'épaule. Par contre je doute de l'administration du Canada. Jamais ils ne donneront à un Malien un visa de tourisme depuis Paris, sans justification légale de sa présence ici, c'est impossible.

Je n'y avais pas pensé. Quel idiot j'étais ! Je me pris la tête entre les mains. Bouba vit mon désarroi :

— Mais ne t'inquiète pas, là aussi la débrouille africaine a fait ses preuves. Je n'en ai pas encore eu besoin personnellement, mais je sais qu'au café des Délices, ils peuvent t'aider à acheter des papiers d'identité français. L'argent peut résoudre tous nos problèmes ici-bas…

J'éclatai de rire en regardant Bouba : l'argent, j'en avais accumulé beaucoup, ce ne serait pas un problème !

Je repartis donc pour le café des Délices en compagnie de Bouba. Ce dernier m'avait expliqué : cette fois-ci, nous allions devoir trouver un intermédiaire pour nous aider.

Bouba s'adressa au serveur, qui désigna un Sénégalais appelé Alassan. Ce dernier buvait un whisky, seul, à une table du fond du café. Bouba prit les devants :

— Bonjour Grand Frère, le serveur m'a dit que tu étais la personne qui pouvait résoudre les problèmes les plus compliqués de Paris pour un immigré.

— Arrête ta pommade, éructa Alassan. Tu as besoin de papiers français, c'est ça ?

— Oui Grand Frère, tu as tout compris, c'est pour le petit, répondit mon ami sans se départir de son ton poli.

Le Sénégalais leva ses yeux rougis sur moi. Son haleine chargée d'alcool et de nicotine parvint jusqu'à mes narines :

— C'est votre jour de chance, commandez-moi un autre whisky.

Alassan attendit que son verre soit servi pour reprendre :

— Je viens justement de rentrer les papiers d'un jeune homme bien né. Il s'appelle Claude Saïd et il est franco-comorien. Son père est un nanti qui fait un commerce juteux entre le Mozambique et Mayotte, et le fils l'imite dans les affaires peu orthodoxes : il m'a contacté pour vendre son extrait d'acte de naissance. Il a deux passeports et n'a pas besoin de ses papiers français en ce moment.

Je ne compris pas où Alassan voulait en venir. Cet homme me paraissait aussi saoul qu'insensé. Je tirai mon ami par la manche et m'exclamai :

— Partons, Bouba ! Il n'a rien compris, c'est un passeport qu'il me faut, pas son truc de naissance...

— C'est toi qui n'as rien compris petit effronté, dit Alassan en pointant vers moi deux doigts tremblants qui tenaient une cigarette consumée. L'extrait d'acte de naissance c'est la clé du système des Blancs. Avec ce papier, tu cours directement au commissariat faire une déclaration de perte de ton passeport. Et en quatre semaines maximum, tu as un nouveau passeport, avec en prime ta photo à toi dessus... On voit vraiment que tu viens de débarquer du bled toi.

Deux insultes en une tirade, j'étais vexé. En même temps, le système me paraissait trop simple. Alassan se tut et continua à siroter son whisky.

Bouba vit mon malaise et me parla en aparté :

— Laisse-moi négocier tout seul. Je comprends que tu sois à fleur de peau, il vaut mieux que je lui parle en tête à tête. Je te promets de te négocier le meilleur tarif possible.

Je n'avais aucun autre plan de secours : j'acquiesçai. Je commandai un café noir au comptoir et essayai de suivre la scène de loin. Bouba arbora une attitude qui m'étonna, entre sympathie et décontraction. Il emmena un nouveau whisky à Alassan, lui alluma une cigarette et s'assit face à lui. Je n'arrivais pas à voir le visage de Bouba, mais Alassan semblait apprécier ce que mon ami lui racontait.

Je commandai un second café. J'étais sur le point d'en demander un troisième quand Bouba me rejoignit au comptoir :

— J'ai négocié tout ce que j'ai pu, il t'en demande vingt mille francs français. Il a baissé son tarif de dix pour cent car je lui ai fait la promesse de lui ramener d'autres clients.

— Deux millions de francs CFA ! Ça fait tellement d'argent...

Bouba demanda discrètement au serveur les tarifs pour ce type d'opération. Alassan était dans la fourchette basse. Je me résolus à accepter.

Nous nous donnâmes rendez-vous le lendemain soir, et l'échange du précieux papier contre l'épais tas de billets se déroula en quelques minutes.

Le matin suivant, le cœur battant à toute allure, je filai au commissariat de la rue Riquet.

La combine avait fonctionné : trois semaines après avoir donné près de toutes mes économies à Alassan, je recevais un passeport français avec ma photo dessus.

Je n'en revenais pas, tout s'était passé si rapidement !

Depuis des semaines, les rues de Paris étaient prises d'assaut par la ferveur footballistique. En cette année 1998, la Coupe du monde se déroulait en France et, jour après jour, au fur et à mesure que l'équipe de France s'approchait de la finale, les rues de la capitale s'animaient. Depuis le début, je m'étais senti profondément exclu de cette ferveur. Si, en vivant à Paris, je ne pouvais oublier un seul instant ma couleur de peau, rien de mon quotidien ne me faisait penser que j'appartenais à cette France dite « multiculturelle ».

Ce soir de juillet, alors que je tenais mon passeport français entre les mains en déambulant dans les rues animées, je me mis à rêver de faire partie de cet Occident « Black-Blanc-Beur ». Peut-être pourrais-je enfin être reconnu à ma juste valeur ?

Un mois après avoir obtenu mon nouveau passeport, j'embarquai dans l'avion pour Vancouver sous le nom de Claude Saïd. Ma nationalité française d'adoption me permettait de vivre au Canada en qualité de touriste sans souci administratif pour six mois. C'est le temps que je m'étais donné pour renflouer ma bourse : l'achat du billet d'avion avait eu raison du reste de l'argent gagné à Paris. Mais j'avais un moral à toute épreuve : pour les six mois à venir, je n'aurais plus à reverser une partie de mes salaires, ni à courir à la moindre vue d'un képi, et encore moins à vendre mon corps. Que de soulagements... Et ensuite, l'Université de Colombie Britannique !

Je décidai d'enfouir au plus profond de moi les sombres souvenirs de mes épreuves parisiennes. Ma vraie vie pouvait enfin commencer.

Je n'avais pas voulu subir la même arrivée qu'à Paris. Via les réseaux maliens de Paris, j'avais pris contact avec la communauté malienne et ouest-africaine de Vancouver. Si la ville était très cosmopolite, les ressortissants ouest-africains n'y étaient pas très nombreux, car les francophones lui préféraient souvent Montréal. Avant mon départ, j'avais pu téléphoner à une famille malienne installée à Vancouver et le papa m'avait proposé de me sous-louer une des chambres, que je partagerais avec un autre immigré.

J'avais l'adresse en poche en sortant de l'avion : 1350 Comox Street. Mes logeurs m'avaient donné les indications, moins d'une heure de bus et quinze minutes à pied.

On n'a qu'une première première impression. Celle que je ressentis sur Vancouver fut extraordinaire. À l'aéroport, dans le bus et dans les rues que nous empruntions, tout changeait de Paris. Les Canadiens de Vancouver semblaient rassembler un échantillon de toutes les populations du monde. Depuis ma descente de l'avion, tous les types m'entouraient : chinois et indiens, africains du nord au sud du continent, latinos, et bien sûr caucasiens. L'air semblait plus pur qu'ailleurs. Sa fraîcheur m'avait saisi les narines dès l'aéroport. Je me sentais très loin de la poussière de Bamako ou des effluves malodorants d'une ville bondée comme Paris.

Une telle énergie m'habitait en sortant du bus, que je décidai de prendre mon temps pour me rendre à mon adresse de West-End. Je vis du vert et du bleu de tout côté : un ciel azur, qui se reflétait jusqu'aux fenêtres des gratte-ciels. La végétation estivale s'épanouissait partout. Des arbres à tous les coins de rue, où le vent dansait dans les feuillages, et des montagnes qui semblaient encercler la ville. Je la sentis avant de la voir : la mer aussi était dans la ville. La mer qui m'avait tant manquée depuis Dakar.

Yacouba, le père de la famille malienne, rangeait la petite terrasse de l'appartement en attendant ma venue. Je l'aperçus de loin et il m'accueillit avec un grand sourire. Il me fit faire le tour de ce qui allait devenir ma maison et me mena à ma chambre. Elle était en sous-sol, avec un soupirail en guise de fenêtre, mais elle était propre et bien rangée. J'aperçus de la verdure à travers l'étroite vitre et l'image des bougainvillées de ma chambre à Dakar me revint en tête. J'éloignai les pensées du Sénégal et revins à Vancouver : j'avais mon propre lit, un placard pour moi seul et même un petit bureau que je ne partagerais qu'avec une autre personne. Un tel luxe ne m'était plus arrivé depuis Bamako ! Yacouba dut percevoir les émotions qui me traversaient, car il crut bon de me rassurer :

— Oui c'est assez rudimentaire, mais ne t'inquiète pas, à Vancouver, tous les immigrés travaillent beaucoup et on passe finalement peu de temps à la maison. Joe, ton colocataire sud-Africain, il ne doit pas passer plus de six heures par jour ici, fin de semaine comprise…

— Ah ne vous inquiétez pas, répondis-je en souriant, je suis là aussi pour travailler, on est dans la même idée !

Mon logeur avait vu juste. Nous étions huit à vivre sous le même toit, les quatre grands enfants de la maison, Joe, le logeur et sa femme. Dans les semaines et mois qui suivraient, je croiserais rarement quelqu'un à la maison. Nous occupions tous au moins deux emplois.

Vancouver – l'espoir.

Mes premières semaines à Vancouver furent un tourbillon d'activités que je vécus dans une joie intense. J'avais l'intuition qu'au-delà de la découverte d'un pays et d'une culture, c'était ici que s'affirmerait ma réelle personnalité et que je pourrais enfin me réaliser. Avoir dû emprunter l'identité de quelqu'un d'autre pour y parvenir ne me surprenait guère, finalement : dans ce pays neuf, aux antipodes de ma culture traditionnelle et des regards noirs de mon père, je pouvais être un homme neuf.

Dans leur vie quotidienne, j'observai que les Canadiens privilégiaient toujours la famille et leurs amis, et que leur rythme de travail était modéré. Au contraire, les immigrés fraîchement débarqués comme moi vivaient des journées qui ne semblaient jamais finir. C'est au Canada que je découvris ce que le mot travail signifiait véritablement.

Ma situation administrative de touriste ne me permettait pas de demander le précieux permis de travail. Sans lui, je pouvais oublier les postes où mes capacités intellectuelles auraient été reconnues. Mon colocataire Joe me présenta un de ses employeurs peu regardant sur la paperasse et je devins livreur de pizzas. Par chance, Yacouba accepta de me prêter son vélo le temps d'économiser pour m'acheter le mien. Je travaillais quand les Canadiens se reposaient : le midi, le soir et les fins de semaines. Avec ce petit emploi, je pus pénétrer bien des intérieurs des Vancouvérois, et c'est là que je découvris leur sens de l'accueil et de la décontraction. Nombreuses furent les fois où l'on me proposa un verre d'eau ou un café. Jamais, aux antipodes de Paris où c'était mon quotidien, je ne sentis que ma couleur dérangeait la moindre relation sociale.

Je cherchai une seconde activité et partis m'inscrire dans les agences de sécurité. Ayant pratiqué cet emploi sous une identité différente, je n'avais évidemment aucune preuve écrite de mes anciens jobs, mais je prétextais avoir oublié mes certificats à Paris. Je racontai avec assez de détails mes expériences pour qu'on me laisse ma chance et je devins à nouveau agent de sécurité. Les contrats étaient ici moins nombreux qu'à Paris et je ne pus effectuer que quelques remplacements en complément de ma première activité de livreur à vélo.

J'étais loin de perdre espoir. Je déposais mes CV partout où c'était possible et j'en profitais pour découvrir la ville à vélo. Les allées de Stanley Park n'eurent plus aucun secret pour moi. Les arbres centenaires, avec leurs troncs si larges, me rappelaient étrangement les baobabs que j'avais admirés sur la route de Bamako à Dakar. Je passais aussi beaucoup de temps en bord de mer. À chaque fois que je les atteignais, les plages me surprenaient : avec leur allure sauvage au cœur de la ville, elles étaient magnifiques et bien plus propres qu'au Sénégal.

Dès que mes marques furent prises dans mes deux activités, je profitai d'une journée libre pour enfourcher mon vélo en direction de l'Université de Colombie Britannique, l'UBC comme on la nommait ici. Il m'avait fallu rouler près d'une heure en bord de mer pour rejoindre le quartier de Point Grey, où se situait le campus. Il s'étendait à proximité de plusieurs plages et offrait une vue sur les montagnes North Shore. Aux alentours s'étalait un parc régional, tel un écrin de verdure pour ce temple de l'éducation.

N'ayant pas de carte d'étudiant, je ne pus pas arpenter le campus lui-même. Je ne vis que de l'extérieur la superbe architecture qui mêlait bâtiments historiques, constructions plus modernes, et partout de la verdure.

Je sympathisai avec le gardien du campus, qui me conseilla d'aller visiter le Musée d'Anthropologie de Vancouver, jouxtant l'UBC.

— Si tu parviens à assister à une visite guidée, tu n'auras pas perdu ta journée ! m'avait-il assuré dans un sourire engageant.

Je lui fis confiance et roulai vers le musée, que je rejoignis en moins de dix minutes. J'arrivai par la mer et je découvris la plage Wreck Beach. Un panneau m'alerta *Optional clothing beach*. Plage avec habits en option ! La curiosité fut plus forte que ma pudeur, alors je me dirigeai vers la plage où la décontraction des corps nus des étudiants et, je dois l'avouer, des étudiantes surtout, m'étonna au plus haut point...

Je ne restai que quelques minutes les yeux ébahis devant les corps blancs resplendissants étalés sous le soleil. Encore tout à ma surprise, je rejoignis le parc du musée. J'y découvris des maisons immenses entourées de totems de bois. Je n'avais pas les codes pour comprendre cette symbolique. Malgré cela, les totems en imposaient dans cet environnement en bord de mer et, là encore, me revinrent des souvenirs de villages sénégalais et maliens que j'avais traversés. Force et puissance émanaient du lieu.

Tsimko, un guide au teint caramel et à l'âge avancé, nous fit ensuite une visite du musée, à moi et quelques touristes arborant casquettes et sacs banane. Intelligence et curiosité débordaient de ses yeux brillants barrés de deux épais sourcils. Je sentais que Tsimko avait l'esprit vif : dès le début de la visite, il nous sensibilisa à la difficile situation des Amérindiens par des allusions au passé bien placées.

Alors que nous étions dans la salle abritant de superbes totems, notre guide nous apprit l'existence des Potlatch, des réunions organisées pour annoncer une nouvelle importante, comme par exemple la nomination d'un nouveau chef. Aux temps anciens, la personne organisant le Potlatch invitait chez elle des jours durant tous les convives. Avaient alors lieu des discussions, des danses et des cérémonies.

Dans la salle suivante, devant des vitrines emplies d'objets amérindiens, Tsimko continua de dérouler l'histoire sous nos yeux : les Européens débarqués à

Vancouver au XIXème siècle n'avaient pas aimé cette tradition, avaient essayé de l'interdire et n'y étaient pas parvenus. Alors, pour éradiquer cette culture, ils avaient tout simplement emmené les enfants amérindiens dans des « écoles résidentielles », pour les couper totalement de leur culture. Ainsi, plus de Potlatch et plus de transmission de culture. Ces écoles avaient fonctionné jusque dans les années 1980. Tsimko termina : les Amérindiens avaient ensuite été envoyés dans les réserves, sans aucun soutien psychologique.

La visite guidée se terminait ainsi. Je refis seul le tour des collections d'objets parfaitement conservés. J'étais songeur : il n'y avait pas que chez nous que les Européens avaient fait des ravages.

En pédalant sur le chemin du retour, je pensai aux passionnantes paroles de Tsimko et me demandai où vivaient aujourd'hui ces Amérindiens, les premiers habitants du Canada, et donc de Vancouver. Si je voyais beaucoup d'immigrés dans les quartiers où je circulais, peu avaient le teint de Tsimko et de son peuple.

Je le découvris la semaine suivante, alors que je devais livrer une pizza dans un centre culturel du côté de Skid Row, dans le quartier de Downtown East Side, où je n'avais pas encore mis les pieds.

J'arpentais pour la première fois ce qui s'avérait être le quartier de la drogue et des prostituées de Vancouver. Toute la misère de la ville semblait rassemblée en quelques rues. Quel atroce contraste avec les quartiers qui m'avaient ébloui ces dernières semaines, pourtant situés à deux pas de là. À Downtown East Side, les gens avaient l'air mal, dans tous les sens du terme. Malades, squelettiques parfois, ou en fauteuil, ou encore avec des taches sur la peau. Pratiquement toutes les personnes que je croisais là semblaient hagardes, sans vie, et je le supposais, droguées. La majorité avait la carnation des Amérindiens. Les dommages du douloureux passé de ce peuple étaient étalés sous mes yeux.

J'étais bouleversé en revenant chez moi. Je voulais comprendre l'envers du décor de Vancouver et je sentais qu'il me manquait bien des éléments. Je pensai à Will Walker. Il pourrait peut-être m'aider à comprendre. Je n'avais pas souhaité le contacter dès mon arrivée au Canada : je ne voulais pas être en position de demande vis-à-vis de celui avec qui j'avais tant échangé d'égal à égal à Bamako. Je me ravisai et me dis qu'il serait la personne idéale pour m'aider à comprendre la situation des Amérindiens.

J'avais conservé précieusement son numéro de téléphone depuis le Mali et je l'appelai le soir-même. Une voix féminine décrocha. Will Walker n'était pas à Vancouver en ce moment, m'apprit sa colocataire Monica, et il avait laissé un numéro où le joindre à Marrakech. Je ne pourrais pas compter sur lui pour m'expliquer Vancouver et ses paradoxes, mais Monica m'avait motivé pour l'appeler. Au fil de cet appel téléphonique, j'appris qu'il lui avait beaucoup parlé de moi et qu'il lui avait dit qu'il serait heureux d'avoir de mes nouvelles.

Vingt-et-une heures à Vancouver, c'était le début de l'après-midi au Maroc. Je trouvai une cabine téléphonique pour appeler Will Walker : il ferait peut-être une pause chez lui à cette heure chaude de la journée.

J'avais vu juste, il fut plein d'entrain dès qu'il reconnut ma voix :

— Hé *Buddy*, quelle joie d'avoir de tes nouvelles ! Si tu appelles ici, c'est que tu as parlé à Monica. Je vois au numéro que tu me téléphones de Vancouver, c'est fantastique !

Mon ami s'excusa de ne pouvoir me guider dans sa ville. Il m'expliqua être parti en repérage pour un documentaire sur le soufisme au Maroc. Je lui racontai brièvement mon projet d'études à l'UBC et mes premières semaines passées au Canada. Il m'interrompit :

— Tu aurais dû m'appeler depuis ton arrivée *Buddy*. J'ai parlé de toi à plein d'amis depuis mon retour de Bamako, je peux te mettre en relation avec eux. Je suppose que tu cherches un job à côté de tes études ?

— Ce serait extraordinaire en effet, sans permis de travail, ce n'est pas tous les jours facile.

— Tous les immigrés passent par là au début, je comprends bien. Mais si tu t'accroches, les portes finiront par s'ouvrir à toi. Tu vas aller à l'Orpheum Théâtre et tu vas contacter Mark Anderson de ma part.

C'est un très bon ami, il gère les équipes d'accueil et je suis sûr qu'il pourra t'aider. Je vais l'appeler demain et tu pourras y passer en fin de semaine.

Je me rendis à l'Orpheum Théâtre le samedi suivant. J'avais déjà aperçu sa prestigieuse façade, avec les néons qui illuminaient toute la rue. Quand j'entrai dans le hall du théâtre, la décoration me médusa : c'était la première fois que je foulais une épaisse moquette rouge et que je voyais des murs dorés du sol au plafond. J'avais pris soin de venir deux heures avant le spectacle du soir et je trouvai Mark Anderson à l'accueil. Il me fit un accueil chaleureux :

— Will m'a beaucoup parlé de toi ! Il m'avait raconté son séjour au Mali et comment tu l'avais aidé. C'est dommage que ce film n'ait pas pu se faire, mais c'est la loi des projets documentaires. Beaucoup de préparations et de repérages pour peu d'élus. Quoi qu'il en soit, Will m'a appelé avant-hier et il m'a expliqué la situation.

Mark parlait très vite et ne me laissait pas le temps de répondre. Bien qu'un peu attristé par la nouvelle concernant le documentaire sur le Ballet de Bamako, je ne laissai rien paraître et continuai à acquiescer en souriant. Il poursuivit :

— Tu sais, Will et moi on est comme des frères, on était au même lycée et on a étudié l'art ensemble à l'université. Alors vu les services que tu lui as rendus, c'est comme si je t'étais moi-même redevable.

Je regardais mes pieds d'un air embarrassé, je n'étais pas habitué à tant de franc-parler.

— Ne sois pas mal à l'aise, c'est la vérité ! Tu cherches du travail, c'est cela ?

— Tout à fait. Je n'ai malheureusement pas encore mon permis, mais je suis débrouillard et très motivé. En ce moment, j'ai deux petits boulots, mais ils ne sont pas vraiment intéressants et j'ai encore beaucoup de temps libre.

— Je n'ai pas d'emploi à temps plein pour toi. Par contre, j'ai un job intéressant car bien payé, grâce à de généreux pourboires : ça te dirait de devenir « usher », ici à l'Orpheum Théâtre ?

« Usher. » Je ne connaissais pas ce terme en anglais. Mark m'expliqua qu'il me proposait de devenir ouvreur. J'acceptai avec entrain : non seulement le salaire annoncé était plus intéressant que mes livraisons à vélo, mais en plus, une fois le travail terminé, je pourrais assister aux spectacles pour lesquels je plaçais les gens.

Une nouvelle vie commença pour moi. Je travaillais cinq soirées ainsi que deux après-midis par semaine dans le superbe Orpheum Théâtre. J'appris à apprécier l'architecture exubérante de ce lieu : un mélange unique et éclectique de styles romanesque, mauresque, gothique et renaissance espagnole. Au bout de quelques jours, et grâce à de longues discussions avec Mark, les longs corridors et les vestibules n'eurent plus de secret pour moi, et je menais les spectateurs à leur siège en leur racontant des anecdotes sur ce qui fut d'abord un palais du cinéma, puis une salle de vaudeville. Les Vancouverois adoraient mes histoires et les pourboires étaient toujours importants. J'assistais au plus de spectacles possible et ne ratais jamais une représentation de danse. Théâtre de tous horizons, concerts symphoniques : j'approfondissais un pan de la culture occidentale que je ne connaissais guère. J'étais ravi.

Je pus aussi renouer avec mon activité de professeur particulier. Je commençai à donner des cours de français à un de mes collègues ouvreurs qui voulait partir vivre à Paris. Grâce au bouche-à-oreille, je trouvai rapidement de nouveaux autres élèves réguliers.

Ces deux jobs me permettaient d'épargner convenablement, et surtout, ils me comblaient intellectuellement. Je sentais que je prenais mes marques à Vancouver, tous les possibles s'ouvraient à moi.

Plus que quelques semaines et je pourrais enfin m'inscrire à l'université. Je n'aurais pas réuni toute la somme nécessaire aux frais d'inscription mais, selon mes calculs, j'en aurais entre le tiers et la moitié. Je m'étais renseigné auprès d'une banque : ces économies m'ouvraient la possibilité de m'endetter pour payer l'inscription. Avoir des dettes était au Canada chose commune. Il n'était pas rare d'avoir plusieurs crédits pour se payer l'université, un appartement ou une voiture, mais aussi pour acheter des vêtements ou même du maquillage, m'avait confié une collègue ouvreuse.

La journée d'inscription à l'université devait se dérouler deux semaines plus tard quand un appel changea à nouveau le cours de mon existence.

Vancouver – l'appel.

Depuis que je vivais à Vancouver, Maman ne m'appelait jamais, c'était toujours moi qui trouvais des cabines téléphoniques d'où l'appeler. Nous nous parlions peu, une ou deux fois par mois seulement, mais elle me savait heureux et épanoui, je n'avais pas besoin de l'appeler plus souvent pour la rassurer.

Aussi, lorsqu'un dimanche matin mon logeur m'appela et me tendit le combiné du téléphone du salon, je sentis l'inquiétude monter en moi : qui cela pouvait-il bien être ?

Maman s'adressa à moi d'une voix aussi faible que tremblante :

— Mon fils, comment vas-tu ?

— Ça va Maman. Tout va bien ici, je travaille bien et je sens que je vais bientôt pouvoir m'inscrire à l'université. Mais toi, comment vas-tu ? Tu as une voix toute bizarre.

— Tu dis juste, mon fils. Je ne t'ai rien dit jusqu'à maintenant pour ne pas t'inquiéter, mais ça ne va pas. J'ai une maladie… Je crois que c'est grave.

Des tremblements m'envahirent de la tête aux pieds. Je ne pus me retenir de m'exclamer :

— Maman, qu'est-ce que tu as ?

— Je ne sais pas encore, il faut que je finisse les observations, mais c'est un problème que seules les femmes peuvent avoir. J'aurai probablement plus de détails dans les jours et semaines à venir.

— Mais où es-tu ?

— Par chance, ton père a pu me faire avoir un visa tourisme, je suis venue me faire soigner à Paris. Je suis au Franc-Moisin, chez Batoma.

Mon cœur se glaça à ces mots. Maman malade et seule dans cette tour horrible, avec un accueil qui ne devait être meilleur que le mien. Elle continua :

— Je ne me plains pas, j'ai un toit au-dessus de ma tête. Par contre, je suis désolée de t'embêter avec ça, mais j'ai un souci. Je ne peux pas payer tous mes frais d'hospitalisation. Et Batoma a déjà tant de frais à sa charge.

Comment cela était-il possible ? Batoma refusait d'aider sa propre cousine. Mon triste pressentiment se confirmait et, sans réfléchir plus longtemps, je m'exclamai à nouveau :

— Est-ce que Batoma s'occupe bien de toi ? Je peux t'envoyer de l'argent Maman, je pourrais le faire dès ce soir. Mais dis-moi, comment elle s'occupe de toi ?

— Merci mon fils, ton mandat m'aidera tellement, Dieu seul sait comment. Et oui ça va, ça va...

Maman s'arrêta. Je l'entendis s'éloigner du combiné et contenir ses pleurs. Les larmes me montèrent aux yeux à moi aussi. Elle reprit avec une voix plus faible encore :

— Je... je dois raccrocher, les appels sont chers, tu sais.

— Maman, ne pleure pas, s'il te plaît. Tout va s'arranger si Dieu le veut. Je vais t'envoyer de l'argent ce soir et je te rappellerai demain, promis.

J'entendis un énorme sanglot et Maman raccrocha sans me dire au revoir.

Je me rendis au Western Union le plus proche et envoyai le matin-même un mandat représentant le quart de mes économies.

Maman ne m'avait jamais demandé le moindre centime depuis mon départ de Bamako. Si elle faisait ainsi appel à moi, c'est qu'elle était désespérée. Je me faisais un sang d'encre. Comment son mari avait-il pu la laisser partir sans économies suffisantes ? À nouveau, je rageais intérieurement contre mon père, cela n'en finirait donc jamais, qu'il mette nos vies en miettes ? Et comment Maman était-elle installée ? Comment vivait-elle dans la sinistre banlieue de sa cousine ? Pouvait-elle monter les neuf étages à pied ? Je savais comment Batoma m'avait accueilli, je craignais le pire pour Maman, surtout si elle était malade. Cancer du sein ou des ovaires ? Que pouvait-elle avoir ? Sa pudeur lui avait interdit de me donner des détails et j'imaginais les pires scénarios.

Je retournai le problème dans tous les sens toute la journée : Maman était seule à Paris, sans personne pour prendre soin d'elle. Je ne pouvais pas la laisser comme cela. Et si elle perdait la vie là-bas alors que je restais tranquillement à Vancouver pour étudier ? Je ne me le pardonnerais jamais.

J'appelai au théâtre pour m'excuser, je n'irais pas travailler cet après-midi-là.

Une fois le mandat effectué, je passai la journée entière enfermé dans ma chambre. Joe était sorti et je pris la journée pour prier et réfléchir à la situation. Mes démangeaisons, qui ne m'avaient pas embêté depuis mon départ de Paris, réapparurent dans la journée.

Le soir, alors que je me grattais au sang, ma décision était prise : je devais revenir à Paris prendre soin de Maman.

Je ne pouvais m'en douter à l'époque, mais la décision de rentrer à Paris pour aider ma mère allait sceller mon destin à jamais. Ce serait la première étape d'un chemin jalonné d'obstacles qui me mènerait vers la rencontre qui allait enfin changer ma vie.

ISABELLE – les pensées.

Isabelle déteste emprunter les transports à cette heure-là. Qu'elle laisse passer deux ou trois métros, le résultat est le même : elle se retrouve compressée de bon matin avec une foule d'anonymes.

Mais sa formation, les troubles du spectre de l'autisme chez les enfants, l'intéresse trop pour qu'elle se laisse décourager. Dans sa jeune expérience d'orthophoniste, elle s'est déjà sentie dépassée en consultation face à des adolescents atteints de ce trouble et elle veut progresser pour mieux les accompagner. Perdue dans ses pensées, Isabelle s'efforce de fixer la barre métallique la plus proche d'elle et ne regarde personne.

Ce n'est que quelques secondes avant de descendre qu'elle la remarque. Une jeune femme vêtue d'un habit bariolé qui porte un bébé dans le dos. Personne ne lui a laissé de place pour s'asseoir alors qu'elle peine visiblement à tenir debout, le dos chargé et les bras encombrés de sacs de course. Est-ce parce qu'elle est noire qu'aucun Parisien ne se dérange ? Isabelle n'a pas le temps de prolonger sa réflexion : elle est arrivée à l'arrêt où elle doit effectuer son changement.

Encore troublée par le regard vide de la mère qu'elle a croisé avant de descendre, Isabelle reprend sa mécanique déambulation. Slalomer entre les passagers pressés dans cette énorme intersection, éviter les regards, ne pas se perdre dans ces boyaux qu'elle fréquente rarement.

Alors qu'elle approche de sa ligne, la jeune femme aperçoit au loin un regroupement. Elle se sent attirée malgré elle par la scène, elle ralentit son allure. Elle reconnaît l'uniforme bleu foncé des forces de l'ordre, elle suppose un contrôle de police. Son cœur se serre : les policiers sont tous blancs et presque toutes les personnes contrôlées sont noires ou arabes.

Isabelle se rapproche. « Mais, j'ai rien fait moi, M'sieur. » Elle capte cette voix à peine pubère, plus forte que les autres, qui semble hésiter entre peur et colère. Les forces de l'ordre semblent former un étau menaçant autour de la bande de jeunes. Les adolescents à capuche baissent la tête.

La jeune femme est à quelques pas du groupe maintenant. Le ton monte :

— C'est à nous de poser les questions, pas à toi. Ta gueule.

Isabelle ralentit encore son allure. Il y a six jeunes en tout : trois sont noirs, deux sont arabes et le dernier est blanc. Les policiers sont quatre, tous les jeunes semblent en cours de contrôle, sauf le Blanc.

L'un des policiers retourne le sac d'un des deux Arabes. Ce dernier est abasourdi :

— Pourquoi vous faites ça, M'sieur ? Je vous avais déjà tout montré.

En soupirant, il se met à quatre pattes pour ramasser ses affaires.

Un autre policier se tient derrière un jeune Noir. Il le force à s'approcher du mur, lui fait écarter les jambes et commence une palpation. Ses mains s'attardent au niveau des fesses.

Le plus jeune de la bande semble avoir douze ans à peine.

Isabelle sent son ventre se tordre. Tout se passe si rapidement, en quelques secondes peut-être. Elle ne comprend pas. Elle ne sait pas quoi faire. S'arrêter et essayer de comprendre, ou continuer ?

Ses pensées se bousculent : est-ce normal une telle situation ? Doit-elle faire quelque chose ? Contacter une association antiraciste peut-être ? Elle est perdue.

Autour d'elle, personne ne ralentit l'allure. Finalement, la foule compacte des passagers pressés l'entraîne. Elle tourne une dernière fois la tête vers le contrôle de police.

— Ne me parle pas comme ça petit con, on fait notre travail nous.

Mais déjà Isabelle a dépassé le regroupement, le brouhaha de la gare couvre le reste de l'altercation.

Isabelle reprend ses esprits quand elle monte dans son métro. Sa formation commence dans vingt minutes, elle doit se concentrer sur la journée qui l'attend.

Plus tard, quand elle y repensera, Isabelle se demandera : est-ce la surprise, la peur ou encore autre chose qui a fait qu'elle n'est pas intervenue ?

VI

Paris – la décision.

Comme prévu, j'appelai Maman le lendemain.

— J'ai pris une décision : je vais venir à Paris quelque temps pour m'occuper de toi.

— Mais, ce n'était pas prévu ? Et ton inscription à Vancouver ? Après tout ce que tu as fait pour pouvoir vivre au Canada ?

Maman avait la voix qui tremblait en disant cela. Je devais la rassurer. J'inspirai profondément avant de répondre :

— Ne t'inquiète pas, je pourrais toujours revenir à Vancouver quand tu seras guérie. En plus, je ne me suis pas encore acquitté de mes frais d'inscriptions, donc il n'y a pas de problème !

Je ne sais pas si ce fut la calme conviction que j'avais mise dans ma tirade ou si j'étais vraiment son dernier espoir, mais Maman ne s'opposa pas à ma venue. Je pris de ses nouvelles et nous raccrochâmes rapidement.

Je dus faire mes adieux à ma vie canadienne. À Mark Anderson, qui m'avait ouvert tant de portes, mais aussi à mes collègues du théâtre, à mes élèves de français et à la famille qui me logeait. Auprès de tous, je faisais en sorte d'être le plus léger et le plus détaché possible. Je terminais invariablement nos discussions d'un « Je reviendrai, soyez-en sûrs ! ».

Je ne savais pas si je croyais réellement ces mots ou si j'essayais de m'en convaincre.

Une semaine après avoir appris la maladie de Maman, je pris un vol pour Paris.

Alors que je voyais le Canada rétrécir au fur et à mesure que l'avion prenait de la hauteur, je réalisai mon acte : avais-je fait le bon choix ? J'avais l'impression que le rêve que je nourrissais depuis des années était en train de me filer entre les doigts. Je savais ce qu'il m'en avait coûté pour réunir toutes les conditions afin d'arriver ici, et je n'avais aucune idée de si elles seraient un jour à nouveau réunies. Les larmes me montèrent aux yeux.

Je repensai alors à Maman, qui me conseillait depuis si longtemps de ne plus pleurer comme un enfant. Je me ravisai en pensant à elle. Elle avait toujours tout fait pour moi, depuis ma plus tendre enfance, y compris me laisser partir loin d'elle tout petit alors qu'elle en souffrait. C'était normal que je sois à ses côtés dans cette terrible épreuve.

J'atterris dans un petit matin pluvieux. Personne ne m'attendait à l'aéroport Charles-de-Gaulle.

Heureusement, je connaissais le trajet pour rejoindre le quartier de notre cousine. Le chemin me parut encore plus sinistre que la première fois, sous les nuages gris chargés de pluie.

Ce fut Batoma qui m'ouvrit la porte. Les traits encore tout chiffonnés de sommeil, elle paraissait peu heureuse de me voir :

— Ah, tu es de retour ? Ta mère m'avait dit que tu viendrais peut-être, mais je ne pensais pas que ce serait si tôt.

Sans comprendre si elle faisait allusion à l'heure matinale ou au jour de ma venue, j'essayai de faire meilleure figure possible :

— Bonjour ma tante, je suis heureux d'être ici. Je ne sais comment te remercier d'avoir pris soin de ma mère.

— C'est la famille tu sais, c'est comme ça.

Je ne sus que répondre. Qu'elle assume si ouvertement une telle désinvolture à propos de ma mère me laissa sans voix.

J'étais sur le pas de l'appartement quand je la vis arriver. Je dus me tenir au montant de la porte tant son apparence me choqua. Maman avait pris beaucoup de poids et ses pieds étaient difformes. Elle n'était pas coiffée et ses cheveux semblaient se dresser sur sa tête, elle qui ne se montrait jamais sans être finement tressée et sans avoir noué un foulard assorti à son habit. Et surtout, son regard apathique me transperça de part en part.

Je le sus instantanément : Maman était en train de dépérir et j'avais fait le bon choix de revenir. Je m'avançai pour la prendre dans mes bras et elle éclata en sanglots. Ses pleurs me fendirent le cœur : elle, que j'avais toujours connue digne et pudique, ne s'était jamais exposée ainsi aux yeux des autres.

Heureusement, Batoma et ses enfants quittèrent bientôt l'appartement pour leurs occupations respectives et je pus rester seul avec Maman. Elle passa la journée alitée dans le salon et ne se confia guère. Je n'osai pas trop la questionner, j'avais peur de la fatiguer plus encore. Je lui préparai des tisanes et une soupe, qu'elle but sans entrain. Cette première journée me confirma que ma présence ici valait bien de reporter mon rêve canadien de quelques semaines.

Aux allusions à peine masquées prononcées par Batoma le soir-même, je compris qu'il n'y avait pas de place pour moi dans son appartement. Je repris donc contact avec Bouba, qui m'informa que ma couche était restée inoccupée depuis mon départ pour Vancouver. Dès le lendemain de mon arrivée, je repartis vivre sur mon lit superposé du côté de Porte de la Villette.

Je passais le plus de temps possible avec Maman : j'arrivais le matin avant que sa cousine ne parte travailler et repartais dès que Batoma avait fini sa journée. Je cuisinais pour Maman, j'essayais de lui changer les idées. Je l'accompagnais à l'hôpital, à la pharmacie, je l'aidais à comprendre ses ordonnances et à prendre ses traitements. Aussi, je l'assistais pour descendre et monter les neuf étages de Batoma dont l'ascenseur était encore en panne. Nous formions un étrange corps à quatre pattes, avec Maman et ses jambes énormes qui prenait appui sur moi en s'arrêtant toutes les cinq marches.

Je voyais bien que mes dernières économies fondaient comme neige au soleil et que je devrais reprendre un travail prochainement. Je me disais que ce serait plus facile avec mes papiers d'identité français et je repoussais ce problème à plus tard. Tant que je pouvais rester avec Maman, je le ferais.

Les semaines passèrent et Maman finit par se rétablir peu à peu. Tant que nous fûmes ensemble à Paris, elle ne voulut jamais me dire le nom de sa maladie, c'était là je crois le dernier rempart de sa dignité de femme malienne.

Elle me l'apprit bien des années plus tard, elle avait souffert d'une névralgie pudendale, qui était une atteinte d'un nerf situé au niveau de la zone pelvienne. Les douleurs étaient telles qu'avant de venir à Paris, elle ne supportait plus de se tenir assise depuis des mois. Quand elle était arrivée chez sa cousine, elle ne pouvait presque plus marcher. C'était finalement l'intervention d'un chirurgien spécialisé et des dizaines de séances de rééducation qui avaient eu raison de sa maladie. Mais la zone de son corps concernée l'avait empêchée de me dévoiler le détail de sa douleur.

Près de trois mois après mon arrivée à Paris, elle se sentit mieux. Ou du moins assez bien pour décider d'arrêter d'être un poids sur nos vies, à Batoma et moi. Elle repartit pour Bamako.

Je me retrouvais donc à Paris, sans réelle attache, et je devais décider de ce que je ferais de mon avenir. Devais-je repartir réaliser mon rêve à Vancouver avec un semestre de retard ou devais-je essayer de percer ici à Paris ?

Une fois encore, ce fut le destin qui força ma décision.

Paris – la roulette russe.

Depuis mon retour de Vancouver, Bouba et moi avions pris une nouvelle habitude : les soirs en rentrant de chez Batoma et, dès que l'agenda de mon ami le permettait, nous nous retrouvions Gare du Nord. Nous nous installions au comptoir du café L'étoile du Nord, situé face aux quais. Sous l'immense halle métallique et au-dessus de notre café noir, nous épluchions les journaux du jour que les clients pressés avaient abandonnés. Nous appelions cela notre « rendez-vous de l'étoile ». C'étaient des moments d'une intimité que notre chambre partagée ne permettait pas. Nous parlions de la pluie et du beau temps, mais aussi de nos projets et de nos espoirs. Je confiais parfois à Bouba mon inquiétude de ne jamais voir Maman guérir ou mes questionnements sur mon avenir.

Ce soir-là, alors que Maman était repartie pour Bamako depuis quelques jours déjà, Bouba n'était pas à notre rendez-vous. Il avait sans doute eu une proposition de travail de dernière minute, ce qui arrivait de temps en temps.
J'étais en train d'éplucher les petites annonces d'emplois du journal « À nous Paris », quand une voix grave me fit sursauter :
— Papiers d'identité.
Deux uniformes étaient apparus sous mon nez.

Je palpai le passeport au nom de Claude Saïd qui ne quittait jamais la poche intérieure de ma veste et inspirai profondément avant de répondre d'un ton le plus détaché possible :

— Bonjour Messieurs, avec plaisir, voici mon passeport.

Le plus petit des deux prit sèchement mon document sans me remercier, ni même m'accorder un regard. Il dégaina son talkie-walkie et s'éloigna.

Je m'adressai au policier roux resté près de moi :

— Puis-je vous demander ce que fait votre collègue ?

— Ça t'regarde pas comment qu'on travaille. Mais j'suis de bonne humeur, alors j'te réponds : contrôle de routine.

C'était la première fois que mes papiers étaient contrôlés en dehors d'un aéroport. Bouba et mes colocataires m'avaient raconté des tas d'histoires sur des Africains qui se faisaient contrôler et finissaient par passer plusieurs heures au poste de police sans raison. Mon ventre se tordit et un goût acide envahit ma bouche. J'essayai de rester le plus calme possible et replongeai mon nez dans les offres d'emploi. Les mots dansaient sous mes yeux sans que je puisse en déchiffrer aucun.

Ensuite, tout s'accéléra.

Le petit policier revint d'un bon pas, le sourire aux lèvres. Il chuchota un mot à son collègue. Ce dernier se plaça derrière moi et me hurla dans les oreilles :

— Alors on se balade avec un passeport volé ? La fête est terminée petit con, tu vas rentrer chez toi et plus vite que ça !

Le policier roux me fit en même temps une douloureuse clé de bras et m'enfila des menottes trop serrées. Il me poussa avec violence vers l'extérieur de L'étoile du Nord. Devant la gare, un fourgon de police nous attendait et l'on me jeta dedans. Je me retrouvai enfermé avec cinq autres hommes à la peau sombre. Nous roulâmes toute sirène hurlante à travers la ville.

Je n'avais rien vu venir. Comment cela était-il possible ? Moins de quatre mois avant, je passais sans embûche les contrôles à l'aéroport en revenant de Vancouver. Qu'avait-il pu se passer ? Et surtout, qu'est-ce qui m'attendait ? Les images de la prison de Dakar me revinrent en tête. Tout mon corps se raidit. Les odeurs, la chaleur, l'air saturé, la saleté partout. Pour rien au monde je ne voulais être de nouveau enfermé.

C'est pourtant ce qu'il advint.

On nous débarqua dans un commissariat qui semblait en dehors de Paris. Alors que j'étais à peine descendu du fourgon, un officier de la paix vociféra en s'adressant à moi, debout en plein milieu du hall d'accueil :

— Ce n'est pas la peine de nous raconter des salades, petit merdeux. Claude Saïd a porté plainte pour vol d'identité il y a deux mois. On a retracé ton parcours et on a vu que tu as traversé deux fois les frontières en son nom. Tu t'es bien amusé, mais c'est du passé ça. Que tu nous donnes ton vrai nom ou pas, tu traverseras bien une nouvelle fois la frontière, mais ce sera vers l'Afrique. Et t'auras juste un truc à nous préciser : le nom de la ville où tu veux atterrir, autrement ce sera Dakar, comme la plupart des merdeux de ton espèce.

Choc. Honte. Désespoir. Colère. Rage.

Je hurlai au milieu du commissariat.

Un violent coup de coude dans les côtes me coupa la respiration :

— La ferme, connard.

Le gardien de la paix me saisit brutalement par l'épaule et me traîna vers une minuscule pièce, où l'on m'assit avec trois autres détenus. Environ deux heures plus tard, nous fûmes de nouveau chargés dans un fourgon.

Je fus conduit dans la zone de rétention de l'aéroport Charles-de-Gaulle.

Alors que cinq mille kilomètres me séparaient du Sénégal et que j'étais censé être dans le pays des Droits de l'Homme, l'expérience que je vécus ne fut en rien meilleure que mon enfermement à Dakar.

Promiscuité, violence, hygiène, bruits, odeurs. Tout était infâme et me rappelait à chaque instant que la France ne voulait pas de moi. Chaque personne enfermée dans cette zone de rétention était rabaissée en permanence à un statut de sous-homme.

Il est trop douloureux pour moi de revenir sur le détail des neuf journées passées en ce sinistre endroit, où je vécus le pire moment de mon existence.

Il y a une personne pourtant dont je souhaite vous parler.

Je partageai mes cinq premières soirées avec un jeune homme tout fin appelé Rachid, qui était arrivé avant moi. Il avait été gardé pendant deux journées entières par un policier qui jouait à la roulette russe avec son arme pointée sur sa tempe fragile. Dans la pénombre de notre cellule, il m'avait raconté son histoire en souriant. Je devinais dans sa voix d'enfant que cela laisserait plus de traces encore que ce qu'il avait pu vivre pour arriver jusqu'à ce côté-ci de la Méditerranée. L'officier n'avait pas vu un enfant devant lui, mais un paquet de chair à rapatrier. Des années après, je me demande encore ce qu'est devenu ce garçon.

Sans autre forme de procès, on me prévint un matin que je m'envolerais trois heures plus tard dans un vol direct pour Bamako. Alors que l'avion de la compagnie nationale française avait chargé tous ses passagers, on me mena menotté à l'arrière de la carlingue. Jamais je n'avais ressenti autant de honte que quand les regards des nés du bon côté se posèrent sur moi avec des soupirs râleurs non contenus. Le délinquant que j'étais à leurs yeux retardait le départ de leurs vacances.

Ce fut mon dernier souvenir de ce séjour sur le sol français.

Bamako – le désarroi.

Je passai tout le vol sous surveillance policière. J'étais tellement abattu que cette fois-ci, c'est moi qui réclamai des calmants au personnel navigant. On ne me refusa pas cette faveur.

Je me réveillai alors que nous avions déjà atterri et que l'avion était vidé de la plupart de ses passagers. Les formalités à l'aéroport Modibo-Keïta furent rapides.

Je pris le temps de me rafraîchir aux toilettes avant de chercher un moyen pour rentrer chez ma mère. Mon reflet faisait peur à voir. Mes habits étaient crasseux et j'avais des traits plus tirés que jamais. À l'intérieur de mon crâne, c'était pire encore. J'avais l'impression que mon cerveau allait exploser. C'était bel et bien fini, deux ans après mon départ pour la France, je revenais à la case départ, exactement dans la même situation, avec toujours le même diplôme en poche et bien des illusions en moins. J'étais désespéré.

Je devinais l'accueil qui m'attendrait à Bamako : c'était une honte suprême de revenir sans rien, sans même un cadeau pour ma mère, ma sœur ou ma grand-mère. Maman ne me dirait sans doute rien. Mais les autres membres de ma famille, mes amis peut-être, sans aucun doute les voisins et les connaissances, ne manqueraient pas de me faire sentir ce qui était vu comme l'une des plus grandes incorrections : revenir du nord les mains vides. Le regard des autres me pesait par avance.

Je n'avais aucune envie de quitter les toilettes de l'aéroport. Il me fallut pourtant sortir, chercher un *sotrama* pour me ramener à bas coût dans notre quartier, me serrer sur une étroite banquette et attendre que le minibus réalise ses dizaines d'arrêts avant d'arriver à quelques rues de chez Maman.

Il était près de vingt-deux heures quand je toquai doucement à la porte de la cour. Par chance, elle n'était pas encore verrouillée et je m'annonçai à voix basse en passant la tête par l'entrebâillement :
— Maman, tu es là ? C'est moi, Amadou.

Maman prenait l'air, assise sous le manguier, là où je lui avais fait mes adieux deux années avant. Pas un mot ne sortit de sa bouche et son visage resta figé par la stupéfaction. Passé le moment de surprise, elle psalmodia des prières tout bas et me tendit simplement les bras. J'osai enfin franchir la porte et tombai à genoux devant elle :
— Maman, c'est horrible, c'est horrible.

Ce furent les seuls mots que j'arrivai à articuler. Ma mère me berça doucement entre ses bras.
— Ça va aller mon fils, ça va aller. Tu es là, tu es en bonne santé, ça va aller. Nous sommes ensemble, ça va aller.

Je fondis. Pour une fois, Maman ne me demanda pas de retenir mes larmes. Elle dut deviner les épreuves que je venais de traverser pour revenir ainsi à l'improviste, alors que quelques semaines plus tôt nous étions à Paris en train d'évoquer mes projets à Vancouver.

    Les mots me manquèrent. Je n'avais personne à qui exprimer ma peine ou mon désarroi.
    Je restais cloîtré à la maison. Je m'étais réapproprié ma chambre qui avait été occupée par ma sœur Aya depuis mon départ. Face à ma mine déconfite, elle ne fit aucune opposition pour me laisser le luxe d'une chambre individuelle.
    Je n'avais pas cherché à voir mes amis du grin. Mais les bruits couraient vite dans notre quartier et ils furent informés de mon retour impromptu. Flani fut le premier à venir me voir. Je lui fis un récit rapide de mes deux dernières années et lui dis simplement que j'étais rentré plus tôt que prévu pour raison administrative. Flani n'était pas dupe et il comprit sans aucun doute que j'avais été renvoyé de France. Au moins ne pouvait-il pas imaginer les souffrances que j'avais endurées ces dernières semaines, et c'était mieux ainsi. Même s'il avait fait son possible pour le cacher, je vis que son regard sur moi était différent. J'y lus une sorte de pitié mêlée à du mépris. Jamais il n'eut un mot désagréable à mon égard, mais ce fut ce que je ressentis pendant notre discussion.
    À son tour, Flani me donna de ses nouvelles. Il avait finalement obtenu son baccalauréat et fréquentait une université en étant conscient qu'elle ne lui ouvrirait aucune porte. Il passait le plus clair de ses journées à

boire du thé avec ses amis en faisant des projets pour l'avenir aussi peu réalistes les uns que les autres. Mon esprit restait perturbé par ce que j'avais vu dans les yeux de mon ami d'enfance et je prêtai une oreille distraite à ce qu'il me raconta. Je compris tout de même que rien n'avait vraiment changé depuis mon départ.

Avec le recul, je pense que c'est mon propre jugement à mon égard que je voyais dans ses yeux, tel un triste miroir que je me serais tendu à moi-même. Mais mon désarroi d'alors était trop fort, je n'avais ni l'envie ni le courage d'affronter la déception de mes amis. Je m'isolai.

J'étais plus perdu que jamais et je n'avais aucune idée de ce qu'il adviendrait de moi.

Mes premières journées se passèrent toutes à la maison : je passais du matelas de ma chambre à la chaise sous le manguier. Je peinais à faire la moindre chose. M'alimenter ou même me laver me coûtait. Je me sentais constamment fatigué. Je préparais et buvais beaucoup de thé. Seul le contraste de son amertume sucrée m'apportait un tout petit peu de réconfort.

Aya et ma grand-mère n'émirent aucun commentaire. Ma sœur comprit la situation sans que j'aie à la lui dire et, en tant que cadette, elle n'était pas en position de me donner des conseils. Quand elle revenait de ses journées de cours, elle se contentait de me saluer et de me demander si j'avais besoin de quelque chose. Je répondais systématiquement par la négative.

Pendant mes deux années d'absence, Aya était devenue une belle adolescente de seize ans qui avait encore tous les possibles devant elle. Alors que je vivais à l'étranger, ma sœur était restée une petite fille dans ma mémoire et je retrouvai une jeune femme discrète que je connaissais à peine. Pour rien au monde je ne voulais l'entraîner dans mon malheur.

Ma grand-mère ne réalisa peut-être pas ce qui s'était passé. Elle fut à peine surprise de me voir dans sa maison. Je compris qu'elle perdait peu à peu la tête.

Maman était par contre désemparée. Elle me voyait dépérir. Au moins avait-elle recouvré encore un peu plus de santé, même si son état général restait encore fragile. Bien des fois elle me conseilla de prier. Les premiers jours, je me prêtai parfois à l'exercice et il nous arrivait de réciter quelques raka'at ensemble, mais mon cœur n'y était pas.

Ce fut Marie qui me sortit de cette léthargie. Marie était l'une des copines que j'avais eues avant de quitter Bamako. Elle avait toujours fréquenté les mêmes établissements scolaires que moi. Je l'avais perdue de vue depuis mon départ pour Dakar et ne l'avais retrouvée que quelques semaines avant de partir pour Paris. Les mouvements étudiants avaient eu sur elle une conséquence bien particulière : elle avait profité de l'oisiveté nouvelle pour sortir énormément et, disons-le franchement, se dévergonder. Quand je l'avais retrouvée deux années auparavant, à mon retour du Sénégal, ses tenues vestimentaires s'étaient sacrément féminisées, elle avait changé son prénom Mariam pour Marie et elle fréquentait avec assiduité les lieux nocturnes de Bamako. Dès que c'était possible, elle se faisait entretenir par ses amis de soirée.

Marie avait sans doute eu vent de mon retour par nos connaissances communes. Un soir, juste avant l'heure du dîner, elle se présenta devant la cour de Maman. Aya me prévint de sa venue.

Marie avait de nouvelles mèches artificielles blondes qu'elle lissait en attendant que je la rejoigne. Nous discutâmes sur le pas de la porte :

— Marie, quelle surprise de te voir. Veux-tu entrer boire un thé ?

— Salut Amadou, ça va ? Non, je passais juste te dire bonjour rapidement. Ça me fait plaisir de te voir ! Mais dis donc, ces deux années à l'extérieur t'ont sacrément marqué, on dirait que tu as dix ans de plus que la dernière fois où je t'ai vu !

Marie avait gardé son franc-parler intact. Je me demandai ce qu'elle faisait là : peut-être espérait-elle que je pourrais l'entretenir pour quelques soirées, moi qui arrivais de France. Ou alors, elle venait simplement prendre de mes nouvelles ? Je ne savais pas trop et j'étais trop fatigué de toute manière pour faire preuve de discernement. J'essayai de me détendre en sa présence, cela faisait des jours que je n'avais vu personne en dehors de ma famille proche.

Je m'adossai au mur et répondis du ton le plus léger possible :

— Ah ah, je vois que tu n'as toujours pas ta langue dans ta poche. Toi par contre, tu n'as pas changé, tu es toujours aussi jolie, tes mèches te vont à ravir...

— Et toi, toujours flatteur ! En tout cas, j'ai l'impression qu'il faut que je t'aide à te remettre au goût du jour de notre capitale. Ça te dirait qu'on sorte ensemble un de ces soirs ?

Je ne savais que répondre. Je n'avais plus un centime. En même temps, je n'avais strictement aucun projet pour les jours à venir, j'acquiesçai donc :

— Avec plaisir, laisse-moi juste un jour ou deux que je sois en forme pour honorer ta compagnie.

— Parfait, je connais une boîte géniale qui a ouvert l'an dernier. Je passe te prendre demain soir après le dîner ! À demain.

Elle ne me laissa pas le temps de répondre et s'éloigna en entortillant ses mèches de cheveux.

Cette discussion fut à l'origine d'une nouvelle descente aux enfers pour moi.

Je savais que je ne pouvais pas accompagner Marie en sortie sans un sou en poche. Il me fallait au moins de quoi nous payer un premier verre et je devais trouver cet argent en quelques heures. J'avais remarqué que ma grand-mère se baladait toujours avec son sac à main près d'elle. Elle y rangeait ses aspirines et son porte-monnaie. Cela me couvre de honte aujourd'hui encore d'y penser, mais pour cette première sortie, je volai ma grand-mère, qui ne s'en rendit même pas compte.

Le lendemain soir, j'entrai pour la première fois dans la discothèque Le Diamant en compagnie de Marie. L'air était empli d'épais nuages de fumée, que les stroboscopes laissaient apparaître par intermittence. Le son saturé des musiques maliennes et congolaises était entrecoupé par les cris du DJ qui dédicaçait des morceaux aux clients les plus assidus.

Marie reconnut un groupe d'amis assis à une table garnie de bouteilles au bord de la piste de danse. Nous nous joignîmes à eux. J'avais prévu de commander deux sodas, pour Marie et moi. Ce fut elle qui me servit un grand verre de whisky-coca. Je goûtai pour la première fois de l'alcool.

Je ne sais pas si les choses auraient été différentes si j'avais été en meilleure condition physique, et surtout morale. Mais j'étais malheureusement en bien piteux état : je n'étais pas sorti de chez Maman depuis quinze jours, j'étais épuisé en permanence et j'avais le moral en berne. L'alcool me donna l'impression d'aller mieux pour la première fois depuis que j'avais été arrêté à L'étoile du Nord. Les amis de Marie avaient visiblement beaucoup de moyens. On me servit un nouveau verre et un autre encore. Ensuite, je perdis le compte.

Je rentrai au petit matin. Maman ne fit aucun commentaire, mais je pus lire tristesse et découragement dans son regard. La journée suivante fut difficile. Maux de tête à s'arracher les cheveux, courbatures et une soif telle que je ne l'avais jamais connue : je découvris les effets de l'alcool sur mon organisme. Cela ne me découragea malheureusement pas. Le lendemain soir, je rejoignis Marie et mes nouveaux amis au Diamant. Le soir suivant aussi, et le soir d'après encore.

Un nouveau rythme de vie commença pour moi. Je découchais au moins quatre soirs par semaine et j'émergeais rarement avant le milieu de l'après-midi. Même si les amis de Marie furent généreux les premiers soirs, je compris qu'il me fallait de l'argent, et bien plus que ce que contenait le porte-monnaie de ma grand-mère, dans lequel je n'avais tout de même pas osé me servir à nouveau.

Je retrouvai sans peine quelques élèves à qui donner des cours d'anglais. Avoir vécu en pays anglophone était une expérience rare au Mali. Je donnais même des cours de langue à des Français expatriés, à qui je faisais payer deux fois plus cher qu'à des Maliens.

Au bout de trois semaines, j'avais trouvé mon rythme de croisière : six cours particuliers par semaine me permettaient de payer les premiers verres de mes soirées. Les derniers étaient souvent offerts par les nouveaux amis que je me faisais au fil des sorties. Ils étaient flambeurs, je devins beau-parleur, les qualités des uns servaient les besoins des autres. En peu de temps, j'étais devenu l'un des piliers du Diamant.

Cette période fut très difficile pour Maman. Je ne lui donnais aucun détail sur ma vie nocturne, mais elle était le triste témoin de mes journées infertiles et désabusées. Notre relation avait tenu bon les années précédentes, malgré mes départs à l'étranger et toutes les épreuves auxquelles nous avions dû faire face. Cette fois-ci, notre bonne entente ne survécut pas à mes piteux états, qui alternaient entre ébriété et dégrisements éphémères. Au début, Maman m'avait conseillé de prier. Elle avait ensuite tenté de me raisonner. Les derniers temps de cette sombre période, elle ne m'adressa plus que son silence, teinté de tristesse et de mépris pour l'épave que j'étais en train de devenir.

Ce fut pourtant grâce à elle que je trouvai un élan inespéré pour sortir de l'impasse qu'était devenue ma vie.

VII

Bamako – la raison.

Pour la première fois de ma vie, je ne parlais plus à ma mère. Depuis que j'étais devenu la débauche incarnée, j'avais conscience qu'elle avait mis entre nous une distance subtile mais réelle.

Dans mes rares moments de sobriété, qui se situaient généralement avant mes sorties nocturnes ou juste avant les cours que je m'astreignais à donner pour payer mes sorties, je l'observais. Elle était distante, mais digne. Inquiète, mais ne perdant pas sa foi, elle priait plus encore que d'habitude. Jamais elle ne se mit en colère. Elle savait peut-être que cette attitude n'aurait rien donné avec moi, mais plus encore, je crois qu'elle ne voulait pas s'abaisser à ce triste niveau.

Son état de santé empira brutalement. Maman ne m'en fit jamais le reproche, personne ne me le fit d'ailleurs, mais je crus alors, et je crois toujours aujourd'hui, que la détresse que je lui causais fut une part importante, si ce n'est principale, de sa rechute.

Alors que je menais une vie dépravée depuis des semaines, qui s'étaient transformées en mois, elle craqua.

C'était un dimanche. Ma soirée au Diamant s'était terminée comme parfois dans le lit d'une amante d'un soir. Alors que je rentrai en fin de matinée, Maman n'était pas dans la cour, comme toujours les matins de week-end. J'aperçus Aya en train de pleurer dans l'arrière-cour, accroupie à côté d'une marmite. L'adolescente semblait redevenue une fillette. Bien que mon esprit fût encore embrumé des excès de la veille, je compris que quelque chose n'allait pas. Je m'assis sous le manguier et interpelai ma sœur :

— Aya, viens par ici. Qu'est-ce qui se passe ?

Ma sœur arriva d'un pas lent, en reniflant.

— C'est Maman... Elle, elle est à l'hôpital.

Ma gorge se serra et mon cœur bondit dans ma poitrine, je déglutis avec peine.

— Qu'est-ce que tu dis ? Je l'ai vue hier encore, elle allait bien ! Qu'est-ce qu'il s'est passé ? Explique-moi, Aya !

Je hurlai ces derniers mots et réalisai que j'effrayais ma sœur, qui pleurait de plus belle. J'empestais l'alcool et la cigarette, et mon phrasé était comme englué. Je repris avec plus de douceur :

— Explique-moi Aya, s'il te plaît.

Ma sœur inspira profondément, renifla de nouveau et me répondit d'une voix tremblante :

— Elle a eu du mal à se lever ce matin, elle était fatiguée. Je lui ai amené son thé au lit. Et quand, quand elle s'est levée pour prendre sa douche, elle est tombée par terre. Sa tête a heurté le bois du lit. Il y avait du sang et elle n'arrivait pas à se lever, j'ai eu si peur...

— Oh mon Dieu !

— Elle a demandé si tu étais là pour l'aider... et je ne t'ai pas trouvé... Je suis finalement allée chez le voisin et on l'a emmenée à l'hôpital avec sa voiture. Comme je suis mineure, ils n'ont pas voulu que je reste là-bas et je viens de revenir.

Le récit d'Aya se termina dans de chaudes larmes.

Mon cœur se brisa à ces mots. J'avais manqué à tous mes devoirs de fils et d'unique homme de la maison.

J'avalai d'un trait une bouteille d'eau fraîche et pris une douche froide. Je demandai à Aya de me préparer un thé bien amer. J'avais totalement dégrisé.

Je courus à l'hôpital. Nous nommions pompeusement hôpital ce qui n'était qu'un centre de santé de quartier qui prodiguait tous les soins d'urgence aux Maliens de classe moyenne.

Il était midi passé quand je me présentai à l'accueil. Dans le centre de santé, la chaleur était aussi écrasante qu'à l'extérieur et l'unique ventilateur de la pièce était en panne. Je le réalisai en regardant autour de moi, l'électricité ne fonctionnait nulle part dans le bâtiment. Comment Maman allait-elle pouvoir être soignée dans un tel lieu ? Je bouillais d'impatience depuis une heure quand je pus enfin me renseigner au comptoir d'accueil et rejoindre la chambre au premier étage où séjournait Maman.

Les couloirs et escaliers me menant à elle étaient lugubres. Il y avait des saletés et de la poussière dans tous les coins, et ça sentait horriblement mauvais. On pouvait humer l'odeur des désinfectants de piètre qualité mêlée à l'âcreté des sueurs humaines. J'aperçus la chambre indiquée au bout du couloir. Je toquai légèrement à la porte et une voix inconnue me dit d'entrer. Il y avait quatre lits serrés dans une chambre minuscule où l'air était suffocant. Des proches se tenaient autour des trois autres femmes alitées. Seule Maman était sans soutien.

Je m'approchai de son lit situé près du mur et vis qu'elle avait une perfusion de sérum glucosé. Faute de meilleur traitement, il était courant au Mali de mettre tous les malades « sous sérum », y compris les diabétiques qui ne manquaient pas d'en mourir régulièrement. Un drap jauni et taché recouvrait Maman jusqu'aux yeux, qu'elle avait à peine entrouverts. Quand je la saluai en m'approchant d'elle, elle les ferma totalement et tourna la tête.

— Maman, comment vas-tu ? Oh, je suis tellement désolé.

Elle ne me répondit pas et, pire encore, elle se tourna complètement vers le mur sans m'adresser un regard.

Je m'assis doucement sur le rebord de son lit et commençai à lui masser les pieds. Ses jambes se raidirent alors que je les touchai, mais elle se laissa finalement faire.

Je restai ainsi près d'elle, à la masser puis à la veiller jusqu'à la fin de l'après-midi.

Cette journée me fit l'effet d'un électrochoc. Je n'avais pas seulement dégrisé, j'avais pris une ferme résolution que j'étais sûr de tenir : j'allais quitter la déchéance dans laquelle je végétais et j'allais changer ! Je n'avais pas le choix, il fallait que je me prenne en main pour Maman. À Bamako, elle n'avait personne sur qui compter à part moi, et l'autre homme qui pouvait l'aider, qui aurait dû l'aider, je ne voulais ni penser à lui, ni le prévenir.

Le lundi matin, je me levai aux aurores et je contactai mes six élèves d'anglais. Par je ne sais quel miracle, j'avais toujours réussi à donner le change auprès d'eux et ils me respectaient encore. À chacun, je leur expliquai brièvement le problème de santé de ma mère et leur demandai s'ils seraient d'accord pour me payer un mois de cours d'avance. Quatre de mes élèves acceptèrent.

J'avais réuni assez d'argent pour payer trois nuits d'hospitalisation à l'hôpital américain Golden Life, un des meilleurs hôpitaux de Bamako. Ce serait suffisant pour faire un premier bilan et après... j'aviserais. Je ne voulais ni ne pouvais imaginer le pire.

Le lundi midi, je demandai au même voisin de m'aider à accompagner Maman du centre de santé au Golden Life, elle y fut installée le soir-même.

Je n'avais pas touché terre de la journée, je n'avais pas même pris le temps de prévenir ma sœur, mais en voyant la chambre fraîche de Maman, les larges couloirs aérés et le matériel médical qui ressemblait à celui des hôpitaux de France, j'étais enfin tranquillisé. Quelle que soit sa maladie, ici Maman serait bien soignée. Le bilan de santé complet était prévu pour le lendemain matin.

J'étais sur le point de la laisser pour se reposer pour la nuit quand Maman m'appela d'une voix faible :

— Mon fils, merci pour ce que tu as fait. Tu sais, je travaille en PMI et je connais les prix de cet hôpital. Je ne sais pas comment tu t'es débrouillé, mais du fond du cœur, merci.

— Oh Maman, c'est la moindre des choses. Je suis tellement désolé pour tout ce qui s'est passé. Ce n'est pas le moment d'en parler, mais je change à partir d'aujourd'hui, je te le jure.

— Qu'Allah te soutienne dans ta volonté mon fils.

— *Amin*. Et ne t'inquiète pas : pour l'argent, j'ai juste demandé une avance à mes élèves.

— Ah, je suis rassurée de savoir que c'est de l'argent honnête qui paye mes frais. Merci…

Elle s'interrompit pour tousser.

— Repose-toi Maman, nous parlerons plus tard.

Quand j'arrivai à la maison, je trouvai Aya dans la cour. Elle avait le visage livide.

— Aya, ça va ?

Les larmes coulaient sur son beau visage d'adolescente quand elle me répondit :

— Je n'ai pas trouvé Maman à l'hôpital à rentrant des cours. Personne n'a su me dire où elle était partie. Sais-tu quelque chose ? Je suis tellement inquiète.

— Oh Aya, ça va aller. Je n'ai pas eu le temps de te prévenir et j'en suis désolé.

Je fis alors le récit détaillé de ma journée à ma sœur, qui passa de l'angoisse à la surprise avant d'être enfin soulagée.

Son visage pâlit à nouveau quand elle reprit la parole :

— Je ne savais pas tout ça et j'espère que je n'ai pas fait de bêtise. Quand je suis rentrée de l'hôpital, j'étais tellement perdue que j'ai été appelé Papa à son travail depuis la boutique.

Elle dut lire la stupéfaction qui montait en moi, car elle marqua un temps d'arrêt.

— Je lui ai dit pour Maman... Je lui ai dit qu'elle était à l'hôpital et qu'on ne savait pas ce qu'elle avait. Et je lui ai dit aussi que je ne savais plus où elle était depuis cet après-midi. Papa m'a répondu qu'il prenait le train de nuit et qu'il serait là demain soir.

L'idée que j'allais recroiser mon père me raidit d'un coup. Je respirai et essayai de rassurer ma sœur, qui m'observait et craignait ma réaction :

— Tu as bien fait. Je ne sais pas ce qu'il va se passer entre lui et moi, mais c'est le mieux pour Maman.

— Je suis tellement soulagée que tu réagisses comme ça... Et tu sais, je ne lui ai rien dit sur ce qui se passe depuis ton retour à Bamako, on n'en a pas du tout parlé.

C'était déjà ça. Je savais que Maman n'aurait pas pu lui en parler, sachant que ça n'aurait fait que mettre de l'huile sur le feu dans notre relation. Je n'aurais pas supporté d'avoir à justifier ma débâcle devant lui.

Le lendemain matin, j'arrivai à l'heure de l'ouverture des visites à l'hôpital. Il était dix heures et Maman était déjà partie pour son bilan médical.

Elle revint en début d'après-midi, accompagnée d'une doctoresse souriante en blouse immaculée, qui s'adressa à moi.

— Le bilan est fini, votre mère va bien, soyez soulagé.

— Merci mon Dieu.

— Je lui ai déjà fait part des premiers résultats, elle vous dira ce qu'il en est, mais dans un jour ou deux, maximum, elle pourra rentrer chez elle.

La doctoresse installa Maman dans son lit et nous laissa seuls.

— Ça va mon fils, ça va, ne fais pas cette tête, tu as entendu ce que le docteur a dit ?

— Oui, oui, mais te voir dans un lit d'hôpital m'inquiète tellement.

— Tiens, regarde, tu peux lire le bilan dans le dossier qu'elle a posé au pied de mon lit.

Je regardai la première page du dossier. « Hypertension... Cause : stress... risque bénin de complication... État général : acceptable... Surpoids à surveiller... Besoin de repos... À surveiller dans une semaine... » Je respirais, le bilan général semblait plus positif que je ne le craignais.

Je m'assis sur le bord du lit pour prendre le temps de lire l'ensemble du document. Il n'y avait rien d'alarmant et aucune allusion à une maladie féminine liée à l'hospitalisation en France n'était mentionnée. Je poussai un long soupir de soulagement.

Maman s'était assoupie pendant ma lecture. Je restai près d'elle et m'assoupis à mon tour dans le fauteuil près de la fenêtre.

Elle se réveilla aux alentours de seize heures. Il fallait que je lui parle du sujet que je craignais d'aborder avec elle. Je m'agrippai aux bras du fauteuil pour me donner du courage :

— Maman, tu sais, Aya a appelé notre père pour lui faire part de la situation. Elle ne savait pas encore qu'on avait pu t'hospitaliser ici... Il a pris le train hier soir et il arrive dans la soirée. Je pense qu'il pourra te rendre visite demain.

Maman ne répondit pas, elle respirait doucement, un léger sourire aux lèvres. J'appréhendais sa réponse. Puis je réfléchis un instant et je me détendis. Je ne lui avais rien dit de notre dernière altercation téléphonique et du fameux « La réponse est non ». Maman en était restée à la version partielle de mon récit initial avant mon départ de Bamako, où mon père avait spontanément fait jouer ses relations pour mon visa.

Elle me répondit un moment plus tard :

— C'est une bonne chose que Makan vienne. Par la bonté d'Allah, il arrive alors que tu as fini tes folies et retrouvé la raison…

Ce fut la seule allusion de Maman à mes dernières frasques. J'avais honte en entendant ces mots pourtant justes. Je m'enfonçai sur mon siège et regardai mes pieds. Maman reprit d'une voix souriante :

— Ce sera peut-être enfin le moment où notre famille sera unie dans la joie.

J'en doutai quand je les entendis, mais ces paroles furent pourtant prophétiques.

Bamako – la foi.

Je revins à la maison juste avant la tombée de la nuit. J'avais calculé que mon père devait arriver entre deux et trois heures plus tard. J'appréhendais tellement sa venue que je dus m'occuper physiquement. Pour rien au monde je ne voulais goûter à nouveau une goutte d'alcool, dont le manque commençait pourtant à se faire sentir. J'entrepris un grand ménage dans ma chambre, où je remuai tout du sol au plafond. Une fois cette pièce terminée, je m'attelai au salon et à la cour. Aya se joignit à moi, elle dut penser que je faisais cela pour faire plaisir à Maman avant son retour. Elle ne pouvait pas imaginer l'appréhension qui me rongeait un peu plus à chaque minute qui passait. Je n'avais pas parlé à mon père depuis deux ans, depuis son refus pour m'aider à obtenir mon visa étudiant à Paris. Je chassai les pensées qui se bousculaient à chaque instant dans ma tête en mettant plus d'énergie encore dans le ménage.

Nous venions tout juste d'arrêter et de nous asseoir dans la cour quand il franchit la porte. Je vis instantanément que quelque chose avait changé en lui. Son dos s'était légèrement voûté et son regard avait perdu de son arrogance. Mon père avait vieilli. Je ne savais pas si c'était la maladie de Maman ou une autre raison qui avait provoqué un tel changement en lui en deux années seulement. Il dut me trouver changé également, car le regard qu'il posa sur moi avait une lueur que je ne lui avais jamais vue et que je ne pus m'expliquer.

Il nous salua Aya et moi, puis s'adressa à nous deux en même temps :

— Mes enfants, j'espère que vous allez bien. La route était longue, mais par la grâce de Dieu, je suis arrivé. À quel hôpital est votre mère ? Je vais la rejoindre de ce pas. Après toute la route que j'ai faite, ils n'arriveront pas à me refuser un droit de visite.

Je jetai un œil à Aya, qui était assise près de moi sous le manguier, et, d'un battement de paupières, je lui intimai de répondre. Ma sœur se redressa, prit une profonde inspiration et lui fit le récit des dernières heures. Après s'être rapidement rafraîchi, mon père fila à l'hôpital Golden Life.

Ma nuit fut très agitée, entre cauchemars et réveils impromptus. La journée du lendemain s'étira longuement. Mon esprit ne resta pas en place et, pour me changer les idées, j'entrepris de faire le tri dans les cartons de mes affaires de lycéen et d'étudiant, qui n'avaient pas été ouverts depuis des années.

Mon père arriva vers quinze heures. Il toqua à ma porte :

— As-tu mangé aujourd'hui ? Je n'ai pas quitté l'hôpital depuis hier soir et je n'ai rien avalé. Tu m'accompagnes au Mali Sadio ?

Je souris en guise de réponse. Je ne savais pas ce dont il avait bien pu parler avec Maman, mais son apparence avait encore changé depuis la veille. Quelque chose s'était adouci dans son regard. J'avais devant moi un homme différent du père qui avait jeté le document administratif dans ma chambre deux ans auparavant.

    Nous nous installâmes de l'autre côté du fleuve où, à proximité des grands hôtels de la ville, les rives étaient aménagées. Les tables du restaurant Mali Sadio donnaient directement sur le fleuve Niger. Mon père nous commanda deux jus de gingembre frais et deux grillades de poisson. Nous avions tous les deux les yeux rivés sur les flots quand il commença à me parler :
    — J'ai eu très peur pour ta mère, tu sais. Une deuxième hospitalisation en si peu de temps, elle qui se confie si peu sur sa santé… Quand Aya m'a appelé au bureau, j'ai vraiment eu peur que cette fois-ci ce soit la bonne !
    Je sentais mon père se livrer du fond de son cœur. C'était la première fois qu'il fendait l'armure en ma présence. Je hochai la tête en signe d'approbation. Pour rien au monde, je n'aurais osé l'interrompre. Je ne pouvais pourtant m'empêcher de rester sur mes gardes. Finirait-il par me rabaisser comme il le faisait depuis toujours ? Je ne comprenais pas où il voulait en venir.
    — Tu sais, ta mère m'a dit ce que tu as fait pour elle, ici… et à Paris aussi. Elle m'a dit comment tu as agi là-bas, alors que Batoma n'assurait pas comme elle s'y était engagée. Et elle m'a aussi raconté que tu t'es organisé pour payer les frais du Golden Life.

Il marqua une nouvelle pause et déglutit avant de jouer avec la paille dans son verre de gingembre. J'étais figé de surprise face au tour que prenait la discussion.

Mon père reprit :

— Tu as agi comme un homme, aussi bien que je l'aurais fait moi-même. Peut-être mieux, même. Je réalise que j'ai peut-être été dur dans le passé… Mais tu es devenu un homme, un vrai maintenant. Tirons un trait sur nos dernières querelles, si tu es d'accord ?

Je jetai un œil dans sa direction, mon père semblait fixer un bateau de pêche sur lequel s'agitaient deux cormorans. Je devinai que sa pudeur devait être plus grande encore que la mienne. Je fixai à mon tour les cormorans pour lui répondre :

— Bien sûr, Papa.

En m'entendant, je réalisai que c'était la première fois depuis des années que je l'appelais ainsi. Cela me réchauffa tellement le cœur que je m'exclamai :

— Tout ce que je souhaite, c'est que nous nous entendions !

À ce moment-là, la serveuse arriva avec nos plats. Elle nous sauva d'une effusion de sentiments nouveaux dont ni l'un ni l'autre n'aurions su que faire. Nous fîmes honneur à nos assiettes emplies de grillades de capitaine, de bananes plantain et de crudités.

Un silence s'était installé entre nous, mais pour la première fois dans notre relation, il n'était pas pesant. Une fois nos copieuses assiettes terminées, ce fut mon père qui prit à nouveau la parole :

— Quels sont tes projets pour l'avenir ? Ta mère m'a expliqué que tu as dû rentrer de Vancouver pour la soigner. As-tu besoin de mon aide ?

Mon cœur bondit de joie en entendant ces mots :

— Oui... Oui sans doute, avec plaisir. Je ne sais pas encore ce que je veux faire exactement, mais ce sera à l'extérieur, c'est sûr.

— Je peux sans doute faire à nouveau jouer mes relations pour un visa tourisme pour l'Europe. Par contre, je ne pense pas pouvoir vraiment t'aider financièrement. Je ne l'ai pas encore dit à ta mère, mais je vais bientôt quitter mon emploi à Dakar, l'ambassade va à nouveau changer de pays et je n'ai pas envie de déménager encore. Je souhaite revenir vivre aux côtés de ta mère ici. Ce que j'ai pu économiser à Dakar m'aidera à payer nos retraites.

Un mélange de sentiments monta en moi. Je trouvais mon père encore plus marqué que la veille et sa vieillesse me toucha. Je le réalisai sur le coup et j'y repenserais longuement par la suite : même si, pendant ma petite enfance, j'étais à la fois apeuré et fasciné par sa personne, mon père n'en restait pas moins un homme, tout simplement, avec tout autant de parts de lumière que de parts d'ombre. Mes réactions lors de notre altercation à Dakar avaient peut-être été guidées par un cœur à la fois trop fougueux et trop innocent. Mon avis sur mon père avait sans doute été trop tranché et certainement manichéen. Je l'avais jugé sans nuance. Cette idée prit corps au restaurant Mali Sadio et allait se développer en moi par la suite.

Alors que nous nous levions pour quitter le restaurant, je pris la résolution d'essayer d'oublier nos querelles.

Maman rentra à la maison deux jours plus tard.

Lors de notre premier tête-à-tête, je m'excusai à nouveau pour mes nombreux écarts de conduite. Je lui fis la promesse de ne plus sortir le soir. Elle ne me fit pas de remontrances ni ne demanda de justifications. Je vis dans ses yeux qu'elle me pardonnait et qu'elle me croyait. Elle me témoigna ainsi sa pleine confiance. Ce crédit me donna la force de tenir parole. Malgré les effets du manque qui se firent sentir pendant plusieurs jours et malgré les sollicitations de quelques copines, je ne cédai pas à la tentation.

Les jours et semaines suivants, je quittai peu la maison, si ce n'est pour donner mes cours de langue, dont j'accélérais la cadence pour gagner le plus d'argent possible en vue d'un prochain départ.

Je m'intéressais enfin à la vie de ma sœur et je partageais avec elle quelques-unes de mes expériences à Paris et à Vancouver. Si Aya ne se permettait jamais de commenter mes récits, ses yeux témoignaient d'un grand intérêt pour mes aventures. Je pris aussi le temps de l'aider dans son travail scolaire, où elle faisait preuve d'un esprit vif et d'une excellente mémoire. Nous nous rapprochâmes comme jamais auparavant.

Pour la première fois de ma vie, je me mis à prier avec sincérité et non pas pour faire plaisir à Maman. Dans la répétition des prières et dans le recueillement, je trouvai en moi un espace infini. Je découvris le vide et le plein, à la fois l'univers entier et l'absence de tout. Je pus ressentir en quelques instants l'éternité, vivre la plus grande force et la plus totale fragilité, la détermination et l'abandon, la solitude et le lien. Je découvris la présence de Dieu en moi. Je découvris ma foi.

La semaine que je passai avec mon père avant son retour à Dakar fut radicalement différente de tout ce que nous avions connu jusqu'alors. Notre relation était détendue. Nous réussîmes même à parler de choses légères, de littérature ou d'actualité politique. Ce furent-là nos premières discussions d'adulte à adulte.

Mon père fit à nouveau jouer ses relations et, avant de partir pour le Sénégal, il m'assura que je serais contacté par le consulat de Belgique, où travaillait un vieil ami à lui. Nous ne pouvions plus solliciter le consulat de France, car j'y étais fiché depuis mon dernier séjour.

J'obtins en moins de deux mois un nouveau graal, un visa tourisme de trois mois pour Bruxelles.

À nouveau, je m'envolai pour l'Europe. Cette fois-ci, je quittai le Mali et ma famille sereinement, même si je n'avais aucune idée de ce qui m'attendrait de l'autre côté de la Méditerranée. J'avais foi en ce nouveau départ.

VIII

ISABELLE – le medium.

Qui aurait pu croire qu'Isabelle se retrouverait un jour dans une telle situation ? Elle, habituellement pleine de discernement, n'arrive pas à fixer ses pensées : « Il faut vraiment que je sois tombée bien bas pour accorder de l'importance à de telles sornettes... Mais bon, au point où j'en suis, faisons confiance. Et puis, Aïssatou me l'a répété à plusieurs reprises : il fait des miracles... »

Isabelle se rappelle encore comment sa collaboratrice lui en a parlé. Elles buvaient un thé au goût âpre un soir au bureau, une fois que tous les patients étaient partis, et Isabelle lui racontait à demi-mot son malaise. Elle lui avait dit comment elle avait l'impression de perdre pied à chaque fois qu'elle pensait à sa vie sentimentale.

Isabelle ne connaît pas l'histoire d'Aïssatou, mais elle suppose qu'il lui a fallu beaucoup de courage pour arriver là où elle en est. Dès qu'elle l'a reçue en entretien d'embauche pour venir faire le ménage dans son cabinet médical, son regard franc lui a plu, elle a senti que la femme africaine portait en elle une force de vie et un courage incroyables. La jeune femme a été surprise de voir, semaine après semaine, comment une relation de confiance était en train de se créer entre elles. Juste après l'embauche d'Aïssatou, Isabelle a repensé aux événements dont elle avait récemment été témoin dans les transports parisiens. Elle s'était fait la promesse de ne plus laisser passer aucun acte de racisme ordinaire. Peut-être est-ce une des raisons de son affection pour la femme africaine ?

Quelques semaines plus tôt, quand Isabelle lui a raconté pour la première fois ses problèmes de cœur, Aïssatou ne l'a pas prise en pitié, mais lui a conseillé de se prendre en main :

— Aide-toi et le ciel t'aidera ! avait-elle dit à Isabelle, comme cette dernière l'a entendu dire si souvent quand elle la questionne sur son activité d'agente d'entretien.

Quelques jours plus tard, les tracas d'Isabelle étaient revenus malgré elle, dans ce qui était devenu leur rituel de fin de journée. Aïssatou prit toutes ses précautions pour la conseiller :

— Je vois que tu es préoccupée, ma fille.

— Oui Aïssatou, je sais que ce n'est rien, mais je n'arrête pas d'y penser…

— Tu sais, si tu le souhaites, je peux peut-être t'aider.

Depuis des mois qu'elles se côtoyaient, elles n'avaient échangé que du thé et quelques histoires peu personnelles. Isabelle fut étonnée de voir la femme de ménage se mêler ainsi de sa vie privée.

— Si tu le souhaites, ma fille, j'ai un ami qui peut te conseiller. Les gens repartent de chez lui avec les réponses qu'ils attendent. Certains viennent de très loin, de partout en Europe, pour le rencontrer...

Au point où Isabelle en était, un avis extérieur ne pouvait pas lui faire de mal. Elle avait accepté la proposition d'Aïssatou. Quand cette dernière lui avait dit par la suite qu'elle avait réussi à organiser un rendez-vous avec le « medium » dont le cabinet se situait dans une lointaine banlieue de Paris, Isabelle avait compris qu'il s'agissait d'un voyant, mais n'avait pas osé se dédire.

Un mois plus tard, Isabelle se retrouve chez le medium. Là où elle pensait arriver dans un appartement aux couleurs africaines, un peu comme elle imaginait le salon d'Aïssatou, elle pénètre dans une salle d'attente sans âme, en rez-de-chaussée d'un immeuble HLM. Une quinzaine de chaises en plastique, presque toutes occupées, un préposé à l'accueil aux yeux rieurs et de la musique africaine en sourdine.

Aïssatou l'avait prévenue :

— Il faut que tu prennes ta demi-journée, Bilal est très sollicité.

Dans la petite salle sans fenêtre, les gens patientent dans une ambiance détendue. On rit, on s'apostrophe en de nombreuses langues étrangères. Isabelle devine des sons en plusieurs langues africaines qu'elle n'arrive pas à identifier, ça l'amuse d'essayer de se remémorer les grandes familles linguistiques qu'elle a apprises pendant ses études d'orthophonie. Elle capte aussi des bribes de discussions en français. Isabelle est la seule personne blanche de la salle. L'agent d'accueil essaie de rendre l'attente plus agréable : il sert plusieurs thés, il enchaîne des musiques africaines aussi jolies les unes que les autres.

Malgré tout, l'attente s'éternise, trois ou quatre heures peut-être.

C'est enfin à elle. À l'image de tous les Africains qui sont passés avant elle, la femme blanche laisse ses chaussures sur le seuil de la porte du petit bureau où Bilal la reçoit.

Un homme jeune lui fait face, tout juste la trentaine passée. Bilal porte un pantalon large et des tennis, bien loin du cliché « sage en boubou portant la barbichette ». Il fume un cigare et sourit paisiblement derrière ses petites lunettes rondes. Il lui demande de s'asseoir et commence à parler :

— Bonjour, la consultation commence, ne dites rien, les cauris vont me dire pourquoi vous êtes venue. Ne me posez pas de questions pendant cette première consultation.

La table est recouverte d'une peau de renard sur laquelle Bilal jette les cauris. Aïssatou lui expliquera par la suite que ces petits coquillages blancs servaient autrefois de monnaie et que grâce à eux, Bilal peut lire l'histoire et l'avenir d'Isabelle. Sur des étagères sont alignés pots et bouteilles contenant plantes, poudres et autres liquides aux couleurs étranges. Isabelle sent un malaise l'envahir. Elle se concentre sur sa respiration et pense à Aïssatou. Elle l'a envoyée ici. Isabelle a confiance en elle, elle se détend un peu.

Bilal paraît à l'écoute, alors qu'Isabelle reste muette comme il le lui a demandé. L'homme semble attentif à ce qui se passe autour d'elle. Il tend l'oreille : on dirait qu'il écoute des individus lui parler, sauf qu'ils ne sont que deux dans la petite pièce. Le temps semble s'arrêter. Cinq minutes ? Peut-être dix ? Il se met enfin à parler et cite des prénoms des proches d'Isabelle, telle tante, tel ami, sa sœur même. Bilal lui raconte quelques-unes de ses interactions qu'elle entretient avec eux. Isabelle est stupéfaite de la justesse avec laquelle il détaille des situations passées. Il cite notamment des prénoms d'hommes avec qui elle a eu des liaisons. Les pensées d'Isabelle vont à toute allure. Elle brûle d'envie de questionner Bilal pour savoir si, enfin, son avenir sentimental pourra s'améliorer et si le schéma infernal qui est le sien cessera de se répéter, mais elle se retient.

À la fin de ce troublant monologue, Bilal allume un cigare et lui propose de revenir le voir :

— Vous aurez le temps de comprendre ce que les cauris vous ont appris et vous pourrez alors poser toutes les questions que vous voulez. Si vous souhaitez aller plus loin, vous aurez quelques petites courses à faire. Des arachides, du sucre et des œufs. Avec cela, je pourrais finir de vous aider.

Elle sort perplexe du petit bureau. L'agent d'accueil est toujours aussi souriant, mais elle prend à peine le temps de le regarder, lui ou quiconque dans la pièce, et elle sort de la salle d'attente presque en courant.

Paris – la nécessité.

J'atterris à Bruxelles au petit matin. C'était ma première fois en Belgique, mais je préférai prendre un bus directement pour Paris : je ne souhaitais perdre ni énergie ni argent dans cette ville où je ne connaissais personne. Avant de quitter Bamako, j'avais contacté la famille qui m'avait déjà logé à deux reprises Porte de la Villette. Bouba ne résidait plus sur place, mais la mère de famille était d'accord pour me louer une troisième fois un lit superposé. Je n'étais pas enchanté à l'idée d'y résider sans mon cher ami, mais au moins avais-je un point de chute. C'est là-bas que débuta mon troisième séjour en France.

Bouba avait été prévenu du jour de mon arrivée par ma logeuse. Ma surprise fut immense de recevoir son appel quelques heures après mon arrivée à l'appartement !
— Que croyais-tu, Petit Frère ? On ne laisse pas un ami arriver seul dans une grande ville comme Paris.
Son attention me toucha. Je lui proposai de nous retrouver à L'étoile du Nord pour prendre un café, comme nous en avions l'habitude. Je ne souhaitais pas que ce lieu soit à jamais marqué par l'infamie que j'y avais vécue. Autant vaincre le mal par le mal.

Accoudé au comptoir du café, je racontai à Bouba les grandes lignes de mes dernières mésaventures. Je ne rentrai pas dans les détails, mais je savais qu'entre mes silences et mes soupirs, il pouvait comprendre toutes les épreuves que j'avais vécues. La suite de la conversation me donna raison :

— Tu sais, j'ai été traumatisé par ce qu'il s'est passé, Petit Frère. Quand je ne t'ai pas vu rentrer deux soirs d'affilée à l'appartement, je suis venu ici pour voir s'ils avaient eu de tes nouvelles, et l'un des serveurs m'a raconté. Il avait vu toute la scène et il avait été choqué, ça avait été si rapide que personne n'avait rien pu faire. Il semblait sincèrement désolé.

— C'est sûr, tout s'est passé en quelques minutes...

— Et ton histoire m'a beaucoup fait réfléchir. J'ai eu peur que ça m'arrive à moi aussi. C'est fou de se dire à quoi tient le destin. Je me posais déjà pas mal de questions et j'ai vu un signe avec ton arrestation. Du coup, j'ai décidé de trouver un moyen de stabiliser ma situation. Je pensais que j'arriverais à vivre encore quatre ans sans papier, pour demander une régularisation au titre des dix ans de présence sur le sol français, mais j'ai eu trop peur de ne pas y arriver. C'est pour cela que j'ai accepté une proposition qu'on m'avait faite il y a bien longtemps. J'ai épousé ma cousine Khadija.

Bouba marqua un temps d'arrêt. Il inspira profondément en regardant le plafond du café comme si la suite de son histoire y était écrite. La surprise m'avait coupé le souffle. Je regardais mon ami en silence. Il continua :

— Le plus bizarre, c'est que je n'avais jamais imaginé que je puisse me marier sans amour. Mais bon, elle est gentille et surtout elle est née en France, donc grâce à elle j'ai déjà eu mon récépissé de titre de séjour, regarde !

Bouba sortit un bout de papier plié en quatre de son portefeuille.

J'essayai de ne rien laisser paraître, mais j'étais choqué. Épouser sa cousine ? J'en avais déjà entendu parler, mais jamais je n'aurais cru mon ami capable de cela. Je gardais les yeux rivés sur le papier pour que Bouba ne perçoive pas mon trouble. Il reprit :

— Je sais que tu dois trouver ça bizarre. Mais vivre dans la peur constante, refiler une partie de tes salaires chaque mois, ne pas pouvoir te soigner correctement... Tout ça, c'est pas une vie. En tout cas, c'est pas la vie que je suis venu chercher en quittant le Mali. Et tu sais, Khadija elle est sympa, elle est originaire de la même région que moi. On s'était croisés plusieurs fois au village au Mali, pendant les vacances quand on était petits. Elle vit encore chez ses parents, donc j'habite avec eux, à Aubervilliers. Franchement, je ne me plains pas. Le seul problème, c'est qu'avec les liens de parenté, même s'ils ne sont pas officiels ici vu que Khadija est la fille d'une seconde épouse... on ne pourra pas avoir d'enfants.

Mon ami avait rangé son précieux papier avec un sourire un peu forcé. Je fixais ma tasse de café. Ne pas avoir d'enfants était l'un des pires malheurs que l'on pouvait souhaiter à un Malien. Une infinie tristesse s'empara de moi. À quelles concessions la vie en France pouvait-elle bien nous mener ?

Ce soir-là, malgré la fatigue de mon long voyage, je peinai à trouver le sommeil sur mon lit superposé. Avais-je bien fait de vouloir revenir à Paris malgré tout ? Quel était l'avenir qui m'attendait ? À quoi devrais-je encore me rabaisser pour enfin espérer mener une vie digne de ce nom ? Ces questions dansèrent longtemps dans ma tête avant de disparaître dans les brumes de l'endormissement.

En arrivant, j'avais demandé à ma logeuse si je pouvais lui régler mon loyer plus tard. Elle me connaissait depuis assez longtemps et elle accepta.

J'avais décidé de consacrer mes premiers jours en France à réfléchir à ma situation : j'avais exactement trois mois devant moi pour trouver une solution avant de tomber à nouveau dans l'illégalité. Je pouvais chercher une solution pour finir mes études à Paris, essayer de repartir dans cette chère Vancouver, ou tenter de me créer un tout autre destin. Dès que j'y songeais, les deux mêmes problèmes se dressaient devant moi, tels des remparts insurmontables : d'une part, l'argent me manquait, d'autre part, la nationalité inscrite dans mon passeport n'était pas la bonne.

Je l'avais su avant de partir de Bamako, rien ne serait simple avec ce nouveau départ pour Paris. Et pourtant j'avais voulu revenir en France coûte que coûte. La nécessité de m'arracher au continent africain avait été plus forte que tout le reste. Il était maintenant temps d'assumer ma décision.

Mon expérience passée m'avait au moins appris les duplicités dans lesquelles je ne voulais plus tomber : acheter l'identité d'un autre en prenant le risque d'être dénoncé comme un malpropre à chaque instant. Je ne voulais pas non plus « louer » des papiers et verser le tiers de mes salaires à un inconnu de la même couleur que moi et dont l'unique vertu était d'être né du bon côté de la Méditerranée. Mon champ des possibles paraissait plus restreint que jamais.

Pour m'aérer l'esprit, je passais beaucoup de temps à marcher dans les rues de Paris. J'espérais peut-être y trouver l'inspiration.

Lors de mon premier séjour à Paris, Bouba m'avait fait découvrir les quartiers africains de Paris. Barbès, Château d'Eau et surtout Château Rouge. J'y étais revenu seul de très nombreuses fois. J'aimais m'y balader : j'avais parfois la chance de tomber sur une connaissance de longue date et, surtout, j'aimais y sentir un peu de « chez moi ».

Dans les rues de ce quartier, je pouvais me croire à Bamako, à Dakar ou encore à Brazzaville. Les visages, les odeurs, les sons : dans l'entrelacs de quelques rues situées pourtant à un jet de pierre de l'élégante Montmartre, tout évoquait l'Afrique.

Les étagères des épiceries étaient garnies de sauces et de condiments, avec des devantures n'ayant rien à envier aux étals du marché de Bamako. Je distinguais ici des épices et des plantes que je ne savais pas nommer, mais qui accompagnaient depuis toujours les plats maliens. Des boutiques en tout genre se succédaient : des tailleurs avec les mêmes machines en fer usées, TV5 Monde allumé en fond sonore, des magasins de beauté vendant en nombre fausses mèches et autres produits miracles blanchissants, des boutiques plus discrètes où l'on venait acheter des plantes traditionnelles censées résoudre les problèmes de toutes sortes et entreposées dans d'immenses sacs à provisions... Je tombai même sur une petite enseigne odorante vendant des poules vivantes, dont les blanches étaient les plus réputées pour les sacrifices.

Certaines rues étaient partagées entre prostituées et dealers. Chacun savait où était sa place et jamais personne ne gênait les affaires de l'autre trottoir.

C'étaient tous les Africains de l'Île-de-France qui se retrouvaient à Château Rouge : les mères de famille venaient ici remplir caddies et valises pour nourrir leur famille pour les semaines à venir. On croisait beaucoup d'hommes dans les rues du quartier : des petits groupes qui palabraient à même le trottoir, l'un d'eux servant du thé à la menthe sorti d'un improbable sac de voyage. J'y croisais mes compatriotes qui n'étaient jamais en reste pour draguer une nouvelle arrivée du pays et j'y découvrais les sapeurs.

Les sapeurs, principalement d'origine congolaise, étaient réputés pour s'habiller chez les grands couturiers ou faire concevoir leurs vêtements sur-mesure. Ils pratiquaient l'art de bien se « saper » et vouaient un culte à leur habillement. Si je ne les comprenais pas, au moins me distrayaient-ils. Les sapeurs les moins discrets que je côtoyais à cette époque avaient pris habitude de discuter bruyamment devant la boutique « Sape and Co » qui jouxtait la vitrine de la boucherie « Viandes à gogo ». Au-delà de la rime, je souriais toujours en voyant le troupeau d'hommes élégamment vêtus à deux pas des dessins de moutons décorant la vitrine suivante...

C'est à l'occasion de l'une de ces virées que je croisai par hasard Bakary, le jeune danseur du Ballet National de Bamako avec qui j'avais tellement échangé sur son art.

C'est lui qui vint à ma rencontre, un soir alors que je me baladais rue Myrha.

— Oh mais qui voilà ? Salut Amadou, quel plaisir de te croiser ici. Toi aussi tu es venu à l'aventure à Paris ? Que deviens-tu ?

J'eus du mal à le reconnaître. Bakary avait énormément maigri et son beau corps sculpté était devenu malingre. Je ne laissai rien paraître de mon trouble, je devais moi aussi avoir beaucoup changé depuis ma première année d'étude à Bamako. Cette époque me sembla appartenir à une autre vie.

Je racontai à Bakary les grandes lignes de mes dernières années, sans entrer dans les détails, mais sans rien cacher pour autant. Même si certaines étapes s'étaient écrites dans la douleur, j'avais appris beaucoup de choses et je n'avais aucune honte de mon parcours.

— Voilà où j'en suis. Et maintenant, j'ai quelques semaines pour trouver ce que je veux faire ici à Paris, ou ailleurs en Occident. Et toi, comment es-tu arrivé ici ? Tu danses toujours au Ballet ?

Un voile de tristesse passa devant les yeux de Bakary. Il se racla la gorge et commença son récit :

— Je suis arrivé en France il y a plus d'un an grâce à une tournée du Ballet National. Ça faisait longtemps qu'aucune représentation n'avait été organisée à l'extérieur, mais il y a eu un festival de la culture malienne à Angers, tu sais la ville jumelée avec Bamako. J'ai fait partie des artistes sélectionnés pour partir. Mes parents ont dû verser une caution importante pour que les organisateurs soient sûrs que je revienne… Mais à la fin du festival j'ai appelé chez moi et je leur ai promis que je les rembourserais.

Bakary s'interrompit. Il semblait ému. Il se racla à nouveau la gorge et continua :

— Bon, je n'y suis toujours pas arrivé, mais je le ferai, Inch'Allah. Depuis quelques mois, j'ai trouvé un centre de danse cosmopolite dans le quartier de Château Rouge. Je peux y donner des cours en groupe et des cours particuliers, donc ça va. Et puis y a pas mal de Blanches qui dansent là-bas qui aiment bien les étrangers, peut-être que je pourrais bientôt en épouser une, ça résoudrait bien des problèmes...

Bakary attendait que je rigole à sa remarque, mais malgré toutes mes déconvenues, je ne parvenais toujours pas à considérer une histoire d'amour comme une solution administrative. Je souris tout de même pour inciter mon ami à continuer :

— Du coup j'en suis là, je vis à droite à gauche, souvent je peux même dormir là où je donne mes cours de danse, ça permet de limiter les frais...

Bakary me proposa de passer le voir au centre de danse : il travaillait aussi sur un projet de clip, réalisé par un de ses collègues prof de danse.

Je le rejoignis la semaine suivante à Château Rouge. La musique était plus métissée que les rythmes sur lesquels Bakary dansait habituellement. Je pus lui conseiller des manières d'occuper l'espace différentes de ce qu'il avait prévu. Je lui recommandai aussi des noms de chorégraphes contemporains que j'avais découverts à l'Orpheum Théâtre de Vancouver. Après notre séance de travail, Bakary donnait un de ses cours collectifs. Il me proposa de rester pour regarder comment il travaillait.

Bakary était accompagné de deux percussionnistes maliens. Aucun des trois hommes ne se gênait pour faire des commentaires en bambara sur les danseuses qui s'agitaient devant eux. Manières de se mouvoir, seins, fesses, tout était passé au crible de leur œil aussi moqueur que vicieux. Les jeunes femmes ne comprenaient évidemment pas ce qui se disait dans cette langue d'Afrique de l'Ouest et elles ne se rendaient compte de rien. Elles semblaient prendre plaisir à apprendre les quelques pas de base que proposait Bakary. Je voyais bien qu'il faisait le strict minimum pour partager ses connaissances de danse, que je savais pour extrêmement riches. On était bien loin de l'émotion que j'avais ressentie la première fois où j'avais assisté à une répétition du Ballet National à Bamako. Si j'avais souri aux premières blagues, j'avais fini par trouver l'ambiance pesante.

À la fin du cours, j'étais mal à l'aise. Je prétextai un rendez-vous pour partir, alors que Bakary m'avait fait comprendre qu'on pourrait se faire offrir des verres par quelques-unes des danseuses les plus assidues.

Qu'on puisse tromper aussi ouvertement des personnes intéressées par sa propre culture me laissa pantois. Où était passé le Bakary fougueux et passionné que j'avais laissé à Bamako, quelques années plus tôt ? Je réalisai une fois de plus comment illégalité et précarité finissaient par corrompre n'importe quelle personnalité.

Je ne voulais pas tomber dans ce type de milieu. Je repris finalement contact avec des agences de sécurité pour lesquelles j'avais déjà travaillé lors de mon premier séjour à Paris. Je contactai les moins regardantes sur l'aspect administratif. Deux d'entre elles acceptèrent de me faire travailler avec mon visa de tourisme. Si je n'avais pas encore de plan de vie, au moins avais-je trouvé de quoi gagner ma pitance sans perdre mon âme.

Paris – les questions.

Le temps passa bien plus vite que je ne l'aurais souhaité. Je vivais à Paris depuis trois mois déjà et, si j'avais utilisé ce temps précieux pour renflouer un peu mes économies, mon visa expira alors que je n'avais aucun projet concret et pas l'ombre d'une solution pour le réaliser.

J'étais perdu. Les réussites toutes relatives de mes proches me dégoûtaient. Je n'allais quand même pas faire comme Bouba, un mariage avec une cousine du village ? Ou comme Bakary, chercher une Européenne et baser notre union sur un mensonge ? Oserais-je encore me regarder dans le miroir si j'étais contraint de vivre comme cela ?

Chaque fois que je m'allongeais sur ma couche pour me détendre ou pour dormir, les mêmes questions tournaient sans fin dans ma tête : qu'allais-je devenir ? Où devrais-je vivre ? Aurais-je enfin droit à ma part de bonheur ? Et pourrais-je un jour fonder une famille basée sur des sentiments sincères ?

Depuis mon arrivée sur le sol européen, mon eczéma avait repris. Je supposais que la météo l'expliquait, mais je n'étais pas dupe, le stress qui m'envahissait chaque jour n'y était pas étranger. Je me grattais jusqu'à me faire saigner. J'avais aussi arrêté de prier. En France, rien n'était fait pour qu'un musulman puisse réaliser sereinement ses cinq prières quotidiennes… Je le savais, ce n'était qu'une excuse et, même si j'essayais de penser à Maman pour m'encourager, mon cœur n'était plus au recueillement.

Face à mes angoisses et à mes questions sans réponse, seuls les mots que Maman avait prononcés la veille de mon premier départ pour Paris et qui restaient gravés dans ma mémoire m'accordaient un peu de réconfort. Toujours suivre ce que me dicte mon cœur. Respecter ses valeurs et estimer chaque être humain. Malgré toutes les épreuves que j'avais traversées, j'étais resté fidèle à sa parole, à ma parole.

Cela arriva sans que j'en prenne réellement conscience.

Un soir, alors que je recroisai Bakary à Château d'Eau, il m'invita à boire un verre. Une de ses danseuses lui avait prêté beaucoup d'argent et il semblait heureux de pouvoir m'inviter. Pouvoir ainsi flamber en ma compagnie lui donnait sans doute l'illusion d'une réussite sociale... Au comptoir du Dream of Africa, Bakary me paya plus d'un verre. Comme la première fois à Bamako quelques mois plus tôt, je perdis rapidement le compte. J'y trouvai un réconfort et une légèreté que je n'avais goûtés nulle part ailleurs dans mon triste quotidien parisien.

Si je ne recroisai plus Bakary les soirs suivants, je pris la sombre habitude de boire seul. Les premières fois, je ne m'offris qu'une seule bière en rentrant du travail. Je trouvais le goût de l'alcool mauvais, mais j'aimais l'étourdissement que cela provoquait en moi. À chaque fois que je finissais une bière, c'était comme si un étau invisible se desserrait enfin. Au bout d'une semaine, ce fut systématiquement la canette la plus forte que je choisissais. Je pris alors l'habitude d'en acheter deux d'un coup, puis trois ou quatre. Je prenais souvent une canette supplémentaire avec moi pour la boire à la pause de midi. J'appris à connaître tous les immigrés, maghrébins ou indiens, qui tenaient les épiceries de nuit de mon quartier : en moins de deux semaines j'étais devenu un habitué. Je parvins malgré tout à trouver la force pour me lever et aller travailler, mais je perdais chaque jour un peu plus le goût de la vie et je voyais de moins en moins de sens à ma présence en France.

Le destin allait placer des événements dans ma vie qui devraient me forcer à faire des choix...

Alors que j'avais sombré dans l'alcoolisme depuis plusieurs semaines déjà, je reçus un dimanche après-midi un appel téléphonique qui me déconcerta. Batoma, la cousine de Maman, m'appelait pour prendre de mes nouvelles chez ma logeuse. C'était bien la première fois qu'elle s'inquiétait de mon existence. J'imaginais qu'elle avait eu vent de mon retour en France par la famille restée au Mali. Tantes et cousines éloignées ne se privaient jamais de commenter les moindres faits et gestes d'un membre de la famille, que ce soit à Bamako ou à Paris. Maman était bien heureusement toujours restée étrangère à ses ragots.

Après m'avoir demandé ce que je devenais, sa voix se fit plus aigüe quand elle en vint au fait de son appel :

— Je sais que nous n'avons pas été trop proches ces derniers temps, mais tu sais, je t'apprécie. Et les cousines à Bamako m'ont raconté comment tu as encore soigné ta mère et que tu lui as payé le Golden Hospital. Toute la famille est fière de toi.

Batoma marqua un temps d'arrêt. Comme je m'en doutais, mes tantes avaient parlé de moi avec elle. Mais je ne voyais toujours pas où elle voulait en venir. Batoma prit sa respiration et me dit d'un ton plus aigu encore :

— Tu te souviens de Rokia, ma fille ? Je pense que c'est de quelqu'un comme toi dont elle a besoin. La vie en France lui a fait perdre ses valeurs. Et épouser un homme bienveillant qui prend si bien soin de sa Maman, ça ne pourrait qu'être bon pour elle... Et pour toi, je suppose que ça faciliterait certains aspects de ta vie.

J'étais stupéfait ! Batoma, qui ne m'avait jamais témoigné la moindre marque de sympathie, était prête à me donner sa fille en mariage, simplement pour s'assurer que Rokia prendrait bien soin d'elle en vieillissant ? Quelle piteuse stratégie. C'est du moins ce que je compris de notre conversation. Que ce fût cette raison ou une autre, cette proposition me laissa abasourdi. Je dus pourtant répondre :

— Merci, merci ma tante. Je... je vais prendre le temps d'y penser.

Je sortis prendre l'air. Je ne travaillais pas ce dimanche. Bien que ce fût plus tôt qu'à mon habitude, je ne résistai pas à la tentation : je m'arrêtai chez un de « mes » épiciers et j'achetai deux bières que je vidai cul-sec l'une après l'autre.

C'est alors que je le vis au loin. Je le croisais souvent au même endroit, à quelques pas de l'arrêt de métro en bas de chez ma logeuse. L'épicier du quartier m'avait indiqué qu'il s'appelait Bobo. La dernière fois que je l'avais aperçu, l'avant-veille peut-être, nous avions échangé quelques mots, il n'était pas méchant.

Ce dimanche-là, alors que l'alcool m'aidait tout juste à me remettre de mon appel avec Batoma, j'aperçus le large dos de Bobo tout au bout de la rue Petit. Ses dreadlocks grisonnantes dansant en bas de ses épaules, il portait l'unique ensemble que je ne lui ai jamais vu. Ce qui devait autrefois être une tunique de coton grise avec des broderies sur le devant, son pantalon de la même étoffe rabougrie retenu par un mètre de lanières de plastique entremêlées. Depuis le temps que je le croisais, le plastique avait toujours été une obsession pour Bobo. Dès qu'il se tenait en position verticale, il portait au minimum dix sacs plastiques dans chaque main. À l'intérieur ? J'avais aperçu des mouchoirs en papier, des restes alimentaires, des bouteilles aux trois quarts vidées, des cartons de toutes tailles, des livres usés aussi. Je devinais des bribes de vie, des souvenirs de tout et de rien. L'homme tenait toujours ses sacs plastiques dans ses mains, ou les gardait déposés dans son champ de vision.

Quelques jours plus tôt, dans la même rue Petit, Bobo était occupé à se soulager à même le trottoir. La rue étant son domicile, il évoluait sûrement dans un univers parallèle au nôtre, dont les limites et l'utilisation variaient selon ses humeurs. Alors que j'étais arrivé à son niveau, je n'avais aperçu que son dos et un long filet liquide noircissant les pavés. Je l'avais entendu râler dans d'incompréhensibles borborygmes mêlés au frottement des sacs plastiques.

« O lélé… » Ce dimanche, je l'entendis avant de lui faire face. Dans quel état allait-il être ? Un son pur, hors de tout âge, hors de tout lieu, envahit la rue. Suspendu, transparent et puissant. Une voix qui arrêtait le temps, qui habitait tout l'espace. Un chant qui faisait oublier l'allure et l'odeur de cette étrange créature, qui donnait envie de s'approcher et de lui demander de ne jamais s'arrêter. J'avais entendu Bobo chanter bien des fois cette mélodie.

Son chant réussit à me faire oublier les ruminations liées à la conversation avec Batoma. « O lélé », une berceuse en lingala, je crois, une des langues du Congo… Où cet homme avait-il appris à chanter ? Existait-il des chanteurs classiques au Congo ? Avait-il fait partie d'un ensemble national, lui aussi ? Comment un être si doué s'était-il retrouvé à errer sur cette place parisienne, alors qu'il devrait se tenir sur une scène d'opéra ?

Je parvins tout à fait à sa hauteur alors que j'avais encore le goût de ma seconde bière sur les lèvres. Je le saluai et il interrompit son somptueux chant. Sans raison, il se mit à m'insulter en retour, ça devait être un de ses mauvais jours.

Après sa dernière invective, une immense gerbe de vomi jaunâtre sortit de sa bouche et m'éclaboussa les pieds.

Choqué, je m'éloignai et me rinçai les chaussures dans un caniveau. Ce n'était pas l'attitude du pauvre homme qui m'avait offensé, Dieu seul savait ce qu'il avait enduré pour en arriver là. C'était le miroir qui m'était tendu qui me traumatisa. Qu'est-ce qui nous séparait, lui et moi ? Peut-être simplement des mois ou des années d'usure, que la France m'offrait pour toute perspective. Pour la première fois, j'eus la conscience limpide de ma déchéance prochaine.

Le soir-même, j'appelai Maman à Bamako depuis une cabine téléphonique. Je ne lui racontai ni la proposition de Batoma ni mes idées noires. Je pris simplement de ses nouvelles. Elle dut sentir ma peine, car elle me dit :

— Tu sais mon fils, tout est possible dans la vie. Allah seul sait ce qu'il te réserve. Peut-être arriveras-tu à créer ton destin à Paris ou à Vancouver, peut-être viendras-tu vivre à Bamako près de tes deux parents.

Tout est possible, je te le répète. Et l'imaginaire de tout homme pour créer sa propre vie est sans limites. Ne laisse personne te faire croire le contraire. Ne perds pas espoir, sois fidèle à tes valeurs et écoute seulement ton cœur.

Ce soir-là je m'endormis totalement perdu. J'avais bien décidé d'arrêter totalement de boire, tant l'image de Bobo me hantait depuis l'après-midi, mais je ne savais pas ce qu'il adviendrait de moi. Épouser Rokia, c'était impossible, ni mes valeurs ni mon cœur ne me guidaient vers ce choix.

Ce fut pourtant mon cœur qui me permit d'ouvrir le chapitre suivant de ma vie, au moment où je m'y attendais le moins.

Paris – la surprise.

Lors de notre dernier appel, Maman m'avait aussi conseillé de contacter Bilal, qu'elle connaissait de longue date. C'était le fils d'une de ses proches amies, qui était devenu medium. Elle avait toute confiance en lui car sa mère ne tarissait pas d'éloges sur lui. C'était après avoir veillé et soigné sa mère à Bamako pendant des mois et alors que cette dernière était guérie, que le don de Bilal se serait déclenché. Il s'était justement installé à Paris deux années plus tôt. Je ne savais pas que Maman s'intéressait aux mediums. Je ne m'y intéressais pas moi-même, mais je lui avais promis.

Je contactai Bilal dans la semaine et il me proposa de passer le voir le samedi suivant.
Alors que je trouvai son adresse à proximité d'une station de RER d'une lointaine banlieue, je fus surpris : la musique, les odeurs, le thé sur un réchaud, j'aurais juré que j'étais au Mali et non pas en région parisienne.
Son local était fermé et Bilal était seul. Il était plus jeune que je ne l'avais imaginé. À peine la trentaine, il était vêtu d'un style urbain qui me surprit. C'était la première fois que je côtoyais un voyant et je m'étais imaginé un homme plus mûr, portant un habit religieux. Je ne laissai rien paraître de ma surprise. Il m'accueillit avec un curieux mélange de condescendance et de convivialité. Bilal n'était pas très avenant, il ne m'adressa pas un regard. Il me laissa à peine le temps de

le saluer qu'il m'intima de m'asseoir dans son bureau avant de me parler :

— Hm, je vois que tu es ici pour faire plaisir à ta mère. Ton cœur ne croit pas en mon pouvoir. Ce n'est pas grave, l'avenir te dira que je sais effectivement voir. Je vois que tu cherches du travail et à régulariser ta situation ici. C'est ce qui occupe toutes tes pensées. Je peux t'aider aujourd'hui pour ton premier problème et plus tard je t'aiderai pour le second. Mon assistant vient de trouver un nouvel emploi, je l'y ai aidé bien sûr. Sa place est libre : ça te dirait de devenir mon assistant ?

J'étais surpris par sa tirade. Il avait parlé d'une traite, sans s'interrompre et en gardant ses yeux posés sur la peau de renard qui ornait son bureau. Maman l'avait-elle contacté entre temps ? Ou était-il réellement medium ? Je n'avais aucun moyen de le vérifier. Mais je savais que ma vie s'embourbait sur bien des points. Peut-être que ce nouveau travail m'offrirait de nouvelles perspectives ? Dans tous les cas, il était possible qu'il ait un réel pouvoir et qu'il puisse m'aider à mettre enfin ma vie sur ses rails. Je lui répondis avec le sourire le plus déterminé possible :

— Avec grand plaisir ! Et je suis disponible dès maintenant !

Bilal avait-il un réel don ? Je ne le sus jamais. Malgré les torts qu'il me causa par la suite, avec le recul, je le sais aujourd'hui : il m'avait donné là la chance de ma vie. Ma jeune vie, déjà pleine de tant d'errances et de tant d'allers-retours, allait enfin prendre sens.

IX

ISABELLE – le trouble.

Isabelle espère attendre moins longtemps. Depuis trois semaines, elle se demande si elle fait bien d'y revenir, mais le fait qu'il ait pu citer tant de prénoms de son entourage lui trotte dans la tête. Elle s'est décidée à franchir à nouveau la porte du cabinet en espérant que le medium apporte des solutions à ses problèmes.

Dans le RER qui la mène à son rendez-vous qui lui semble une folie – se fier à un medium malien, sérieusement ? – elle voit les grandes étapes de sa vie défiler derrière la vitre sale du wagon…

Ses deux parents aimants, travaillant tous deux pour l'Éducation Nationale. Sa grande sœur, Fanny, orthophoniste comme elle, avec qui elle s'est toujours parfaitement entendue. Fanny qui réussit toujours tout avant elle et qu'elle ne peut même pas blâmer car elle est simplement une extraordinaire grande sœur. Fanny qui est déjà mariée et maman de deux charmantes petites filles.

Si Isabelle a marché dans les pas de sa sœur en ce qui concerne sa vie étudiante et professionnelle, pour le plan personnel, elle en est très loin. Isabelle tombe toujours sur des hommes indisponibles, comme si elle les choisissait exprès. Deux grandes histoires, un unique schéma : l'élan et la passion des premières semaines, puis l'aveu, un travail trop prenant ou un mariage, les promesses de renouveau et des mois qui se transforment en années sans que strictement rien ne change. Pour que finalement ce soit elle qui doive avoir le courage de quitter l'autre. Le premier amour de sa vie, un médecin qui avait presque l'âge de son père et qui consacrait tout son temps à son travail. Le second amoureux, marié, qui lui avait promis chaque jour de leur relation qu'il quitterait sa femme pour elle. Et qui n'avait jamais franchi le pas en trois ans. Et tous les autres, les hommes d'un soir ou d'un mois, qui fonctionnaient exactement de la même manière. Que ce soit en France, ou lors de ses années à l'étranger pour ses études et ses stages, toujours des hommes indisponibles, toujours des histoires où elle donnait cent fois plus qu'elle recevait…

Isabelle a fait une psychothérapie après sa première longue relation, elle a passé deux soirées par semaine sur un canapé pendant près d'un an pour comprendre les raisons et les schémas. Elle a bien compris, elle souhaite inconsciemment rester dans le giron d'une autorité, que ce soit son père, sa sœur ou ses amoureux. Elle a progressé : elle sait reconnaître les pièges. Mais pour autant, elle ne sait comment s'empêcher de retomber dedans… ce qui lui est arrivé exactement trois mois après sa dernière séance chez son psy.

« Jamais deux sans trois » lui avait dit sa copine Pauline sur un ton léger, un soir de cuite, une semaine après la fin de sa seconde histoire sérieuse. Cette réflexion avait été la phrase de trop. Isabelle ne voulait pas passer encore des années dans une relation sans issue. Cette soirée avait été le déclencheur d'une longue période de solitude et d'abstinence. À vingt-sept ans, elle se demandait combien de temps cela allait bien pouvoir durer. Et puis il y avait eu cette discussion inattendue avec Aïssatou, alors qu'elle était désespérée. Au point où elle en était...

Isabelle soupire en descendant de son train : la solution va-t-elle se présenter comme par magie au-dessus d'une peau de renard ? Elle en doute finalement. Mais bon, elle est déjà arrivée, elle ne va pas rentrer dans son petit appartement sans avoir été au bout de cette démarche.

— Ah Isabelle, vous êtes revenue ?!

À peine la porte passée, elle est reçue en ces termes par l'agent d'accueil. La jeune femme est tellement étonnée qu'il se souvienne de son prénom qu'elle ne peut s'empêcher de rougir en hochant la tête, il poursuit :

— Je m'excuse si je vous importune, mais je n'ai pu oublier votre sourire depuis votre passage. Vous étiez partie si vite que nous n'avons pas eu le temps de nous présenter. Je m'appelle Amadou, enchanté.

Les yeux brillants de malice, Amadou tend une longue main fine à Isabelle. Il est visiblement très heureux de la revoir.

La jeune femme a honte d'avoir peine à reconnaître son visage, son teint clair s'empourpre plus encore, permettant à Amadou de remarquer l'éclat de ses yeux noisette.

— Si vous le souhaitez, je peux vous préparer un thé en attendant que Bilal ait terminé, il n'y a plus grand monde, ce sera bientôt à vous.

Isabelle s'assoit près d'Amadou en serrant sur ses genoux le sac contenant les aliments que Bilal lui a commandés pour ce nouveau rendez-vous. « Des cacahuètes, du sucre et des œufs. Qu'est-ce qu'on va bien pouvoir faire avec cela ? On ne va tout de même pas cuisiner ! Si c'est avec ça que j'arrive à sortir de mes schémas... » La jeune femme reprend malgré elle le fil des pensées qui l'obsèdent.

Amadou sent la gêne de la nouvelle venue. Au bout de quelques sourires, il finit par engager la discussion :

— Tenez, voici un autre thé, l'autre a refroidi et vous ne l'avez même pas touché.

— Oh merci, répond Isabelle en regardant le petit verre multicolore posé à ses pieds. Je suis tellement perdue dans mes pensées que je n'ai pas fait attention, je suis désolée.

— Je comprends bien. Je peux supposer à quel point cela doit être insolite pour vous de vous retrouver ici. Ce n'est pas coutumier d'avoir des Caucasiennes ou des Caucasiens parmi notre patientèle.

Surprise, Isabelle regarde mieux Amadou. « Caucasien. » Elle n'a jamais entendu personne utiliser ce terme anthropologique pour parler des Blancs. Elle est touchée par la manière dont Amadou manie la langue française. Elle hume le thé chaud avant de répondre :

— En effet, c'est ma... collègue, Aïssatou, qui m'a proposé de venir rencontrer Bilal.

Amadou interroge Isabelle sur sa vie professionnelle. La discussion se poursuit. Isabelle le questionne à son tour, sur ses origines, puis elle relance la discussion :

— Et vous, Amadou, en plus de... travailler ici, vous avez des passions ?

Amadou lui raconte son goût pour les voyages et pour l'étude des langues étrangères. Il lui décrit les mois passés dans la ville de Vancouver qu'il a tant aimée. En quelques phrases à peine, Isabelle est troublée de réaliser qu'ils partagent deux passions, celle de l'ailleurs et celle des mots.

Amadou lit ce trouble sur son visage. Il s'enhardit pour lui proposer :

— Si vous voulez, je pourrais vous écrire un poème avant que vous partiez ?

Isabelle ne sait que répondre, mais deux grandes fossettes se creusent sur son visage.

C'est à ce moment-là que le medium l'appelle. La Française se lève, sourit sans rien dire à Amadou et se dirige vers le bureau du medium.

— Bonjour Isabelle, je suis heureux de te revoir. Comment vas-tu depuis notre dernière entrevue ?

En chaussettes, son sac garni au bras et faisant face aux étagères emplies d'objets plus bizarres les uns que les autres, Isabelle se sent ridicule et se demande si elle a bien fait de revenir. Le tutoiement inattendu et le petit air confiant qui se dégage derrière le cigare de Bilal la déstabilisent. Elle respire profondément et visualise le visage souriant d'Aïssatou qui lui a conseillé de revenir ici – elle se sent déjà mieux, elle s'assoit dans le petit bureau du medium.

— Bonjour Bilal. Je vous remercie de prendre à nouveau du temps pour moi. Je dois bien vous avouer que je me sens assez confuse depuis notre dernier entretien. Quand on s'est vus, vous avez décrit avec précision beaucoup de mes relations sociales. Vous avez évoqué des prénoms de personnes que je connais et d'autres que je ne connais pas. Des hommes. Et justement...

Sa voix se serre malgré elle.

Bilal continue à tirer sur son cigare avec un petit sourire énigmatique. Un temps passe. Le medium ne relance pas la discussion.

Isabelle trouve le courage de continuer :

— Si je suis venue vous voir la première fois et aujourd'hui encore... C'est car je cherche à savoir si je vais enfin pouvoir connaître la paix au niveau sentimental. Je ne sais pas comment décrire cela, mais j'ai l'impression de toujours tomber sur les mauvaises personnes, qui ne m'apportent pas le bonheur que j'espère. C'est comme si c'était toujours la même chose qui se répétait. Au bout de quelques semaines dans une relation, j'apprends que les hommes qui m'intéressent n'ont pas de temps pour moi ou sont en couple, et je n'arrive pas à les quitter, car ils me font toujours de belles promesses. Je connais les schémas, mais ça ne m'empêche pas de tomber dedans. Et à la fin, c'est toujours moi qui souffre.

Isabelle termine ses explications les larmes aux yeux. Elle retient un sanglot. Face à la quiétude indifférente de son interlocuteur, elle s'en veut déjà de s'être confiée ainsi.

Le cigare se consume dans un silence qui s'éternise encore. Bilal finit par lui demander :

— Je vois. As-tu d'autres préoccupations ?

— Non, c'est vraiment pour cette question que je suis venue.

— Tu es sûre, j'ai l'impression qu'il y a quelque chose d'autre que tu n'arrives pas à me dire, tu sais que tu peux entièrement être sincère avec moi.

— Euh... je pense vous avoir tout dit.

— Si tu le dis. As-tu emmené ce que je t'avais demandé ?

— Oui, répond Isabelle en lui tendant son sachet plein d'ingrédients.

— Voici ce qu'il va se passer : je vais parler avec les cauris et faire des prières sur chacun des éléments. Les œufs, tu les briseras à un carrefour, là où des routes se croisent. Ainsi les cauris t'aideront à choisir la bonne voie pour aller sur la route de ton amour. Les arachides, tu vas les écraser et les donner à des pigeons. Ainsi ton bonheur pourra s'étendre en toute direction. Le sucre, tu l'offriras à un nécessiteux. Ainsi, ta vie sera toujours douce. Tu aimerais que ta vie soit douce, Isabelle ?

Le sourire de Bilal se fait insistant. Le ventre d'Isabelle se serre. L'homme la fixe en souriant, il attend une réponse.

— Oui, bien sûr. Comme tout le monde, je suppose.
— Tu sais, pour cela aussi je peux t'aider. Il y a des personnes comme toi qui ont une énergie particulière. Je dois de me consacrer aux gens que je veux aider. Il faudrait simplement que tu reviennes, peut-être un soir, pour que nous ayons le temps d'en discuter en détail. Tard, le soir, j'ai plus de temps à consacrer aux belles personnes comme toi. Et mon pouvoir peut beaucoup pour toi. Tu comprends que je peux vraiment t'aider ?
— Peut-être... Oui.

Bilal lui fait face, son sourire est de plus en plus insistant. Il écrase enfin le mégot consumé de son cigare et commence à réciter des incantations sur les œufs, le sucre et les cacahuètes. Une nausée envahit Isabelle, la lourde fumée de cigare, l'attitude de Bilal et les objets si bizarres qui l'entourent, tout la met mal à l'aise. Elle n'a plus qu'une envie : fuir. Le médium prend tout son temps. Il semble apprécier ce moment où il la voit telle une souris prise au piège.

La litanie se termine enfin. Bilal range les aliments et les tend à son interlocutrice. Le temps qu'elle attrape le sac, sa lourde main est déjà sur celle de la jeune femme. Il la tire si proche de lui qu'elle peut sentir son haleine chargée de nicotine quand il lui susurre :

— Tu reviendras et nous aurons le temps de bien parler et de trouver des solutions, et je te serai d'une grande aide pour ta vie en général. Je le vois.

Isabelle bafouille un oui dans un sourire le plus assuré possible, retire sa main de celle du voyant et court presque vers la porte. Amadou et deux personnes sont encore dans la salle d'attente, elle se sent hors de danger.

Son cœur fait des bonds dans sa poitrine alors qu'elle traverse la salle en regardant le sol sans prononcer un mot. Elle claque la porte derrière elle et allonge son pas vers la gare de RER. Elle entend la porte claquer à nouveau derrière elle. Son cœur semble être sur le point de se décrocher, mais elle a la force de se retourner. Elle ne voit que le sourire d'Amadou.

— Je t'avais promis un poème, le voici !

Isabelle baisse les yeux sur la feuille qu'il vient de lui tendre et parcourt les quelques lignes. Elle relève la tête pour remercier Amadou, il est déjà reparti. Elle sourit : en bas du poème, est inscrit un numéro de téléphone.

ISABELLE – les yeux.

Ce soir-là, Isabelle ne parvient pas à trouver le sommeil. Mille et une pensées lui passent par la tête.

« Ça existe les hommes comme ça, qui écrivent des poèmes comme cela la première fois qu'ils rencontrent une femme ? Est-ce qu'il est culotté ou romantique ? Je me demande s'il fait ça à toutes les clientes qui passent la porte de Bilal… »

> *Isabelle*
> *Comment trouver les mots pour dire que tu es plus que belle ?*
> *Bien sûr, ta beauté charnelle,*
> *Mais aussi plus profonde, celle de ton âme, celle qui donne des ailes ?*
> *Près de toi, je le sens, jamais je ne manquerai de zèle*
> *Si jamais de nos deux vies nous faisions un destin exceptionnel !*

Tard dans la nuit, Isabelle parvient finalement à fermer l'œil, pour se réveiller peu de temps après. Sa montre affiche six heures trente et elle n'a qu'un nom en tête : Amadou.

« Je ne peux décemment pas l'appeler à sept heures du matin, il va me prendre pour une folle… »

Beaucoup de travail attend heureusement l'orthophoniste. Elle se rassure sous la douche, les nombreux rendez-vous prévus pour la journée l'aideront à faire passer le temps. Elle ne compte pas manquer de professionnalisme pour un homme qu'elle vient tout juste de rencontrer.

Mais pendant sa pause déjeuner, Isabelle n'y tient plus, elle décroche son téléphone.

Une voix de femme lui demande d'attendre. Le cœur d'Isabelle bat plus fort qu'elle ne l'aurait voulu. En bafouillant quelques mots, elle propose à Amadou d'aller boire un verre à l'occasion. Il est disponible le soir-même, dès qu'il aura fini son travail chez Bilal. La jeune femme raccroche rapidement, son cœur n'a pas ralenti.

Le reste de sa pause, ses pensées la ramènent sans cesse à Amadou.

« Je le connais à peine, mais il paraît différent des autres, sa manière d'être tellement attentionnée, son timbre de voix si grave. Et cette façon de s'exprimer, il manie les mots avec une telle douceur. Je me demande bien ce qu'il va penser de mon appel. Il va peut-être trouver que je vais trop vite ? Ou pas, finalement. Il m'a quand même écrit un poème bien rapidement. Il faut que je me calme : est-ce que je ne suis pas en train de m'embarquer dans une nouvelle histoire compliquée ? L'avenir me le dira. »

Isabelle parvient à se reconcentrer avant l'arrivée de son premier patient. Elle ne laisse rien paraître face aux enfants qui viennent en consultation.

Amadou surprend la jeune femme à quelques pas du café des Lilas. Elle a bien essayé d'être en retard, mais son impatience a été plus forte. Ils se retrouvent nez à nez à la sortie du métro Porte des Lilas. L'homme élancé tient un bouquet de roses blanches.

— Bonjour Amadou. Oh ! Merci pour les fleurs, elles sont superbes.

— Rien ne sera jamais trop beau pour une demoiselle comme toi.

Isabelle ne sait que répondre et se contente de sourire.

Les jeunes gens se dirigent au café situé à deux pas du métro et prennent place sur la terrasse couverte. Elle commande un verre de blanc doux et lui un café allongé.

Une fois les boissons servies, Amadou continue de la complimenter, avec un sourire serein :

— Je suis ravi que tu m'aies contacté, quand ma tante m'a passé le combiné, je n'y croyais pas. J'avais peur que mon poème te paraisse déplacé. Mon cœur déborde de joie en faisant face à toi.

Le Malien porte une chemise bleu ciel qui fait ressortir son joli teint caramel foncé. Ses yeux brillent plus encore qu'au cabinet, des yeux d'un enfant de cinq ans qui aurait réussi à attraper un pot de confiture, se dit Isabelle. Des yeux qui la font fondre.

Isabelle sait qu'elle doit répondre. Elle inspire profondément et, en fixant son verre de vin, elle se permet d'être sincère avec ce quasi inconnu :

— C'est la première fois qu'on m'écrit un tel poème et ne pas te remercier aurait été impoli de ma part, donc je t'ai proposé de te voir pour te remercier de vive voix... Merci, du fond du cœur.

Isabelle ose regarder Amadou. Il a gardé son beau sourire sur les lèvres. À son tour, il prend le temps d'inspirer. Il avale lentement une gorgée de café, joue avec le sachet de sucre comme s'il y cherchait l'inspiration. Il le pose finalement et plonge ses yeux dans ceux d'Isabelle. Un temps passe.

Il inspire à nouveau et de sa voix calme et grave, Amadou dit à Isabelle :

— Tu n'as pas besoin de me remercier. Ta simple présence est un cadeau pour moi. On ne s'est vus que deux fois, mais j'ai l'impression de te connaître depuis toujours. J'espère que nous aurons l'occasion de mieux faire connaissance à l'avenir, et tu comprendras à quel point je suis sincère.

Isabelle sent sa gorge se nouer. Elle ne veut rien laisser paraître et fixe à nouveau son verre. Amadou prend son temps avant de reprendre :

— Cela ne m'est jamais arrivé, mais j'ai ressenti quelque chose de très fort dès le premier regard, quand tu es venu voir Bilal le mois dernier. J'espère que je ne vais pas t'effrayer en te livrant mon cœur aussi sincèrement, mais telle est la vérité. Et si tu le souhaites, je serais ravi d'avoir l'opportunité de partager du temps avec toi les jours à venir pour que nous puissions mieux nous connaître.

Amadou est visiblement ému par ce qu'il vient de dire. Isabelle voit des larmes embuer ses yeux.

ISABELLE – les mensonges.

Isabelle ne sait pas ce qui lui arrive. Dès qu'elle est seule, elle n'arrive plus à se concentrer et peine à venir à bout de la moindre tâche. Elle passe son temps à rêvasser devant le bouquet de roses blanches qu'elle a installé sur son bureau et elle guette en permanence son téléphone. Seuls ses petits patients lui permettent de se raccrocher au présent.

À la fin de leur premier rendez-vous, Amadou a proposé à Isabelle qu'ils se revoient pour une balade dans le quartier de Montmartre.
En arpentant la rue des Trois Frères en contrebas du Sacré-Cœur, la jeune femme joue la touriste avec plaisir. Amadou a tellement d'histoires à raconter sur les écrivains du quartier qu'elle découvre avec entrain un nouveau pan de la culture de Montmartre. Ils laissent le Moulin Rouge et le Sacré-Cœur aux touristes et se concentrent sur leur passion commune : la littérature. Céline, Jacques Prévert, Boris Vian et bien d'autres, Amadou ne cesse de citer les auteurs dans le texte… Isabelle est surprise par sa culture.
« Un héros, s'il n'est pas là où l'on a besoin de sa vaillance, n'est qu'un mensonge ou une illusion. » Alors qu'Amadou récite ce passage du *Passe Muraille* de Marcel Aymé juste devant la statue dédiée à l'œuvre, Isabelle a l'impression que le Malien parle de sa propre

expérience, tant les mots semblent sortis directement de son cœur…

Au fil de la balade, Amadou lui explique que l'apprentissage des auteurs français a pris une grande part de son programme scolaire au Mali et au Sénégal, et qu'il se souvient de tout.

Isabelle ne voit pas le temps filer, elle passe un excellent moment.

Avant de le quitter, elle propose à Amadou qu'ils se retrouvent la semaine suivante au Bois de Vincennes.

Isabelle lui fait découvrir sa balade préférée dans les chemins calmes du bois. Elle lui raconte comment être au contact de la nature l'aide à se recentrer et à oublier ses soucis. L'après-midi est encore rythmé par de grandes discussions sur la littérature, sur leurs voyages respectifs ou sur les patients d'Isabelle.

Si Amadou n'a pas caché ses sentiments depuis les premiers instants, il n'a rien entrepris, ni une caresse ni un baiser, et ils ne se sont même pas touché les mains. Isabelle y voit là un signe d'élégance de la part du jeune Malien… À moins que ce ne soit un trait culturel, se dit-elle sur le chemin du retour après la balade dans le bois.

Le lundi suivant, Aïssatou propose à Isabelle de partager un thé avant de débuter ses heures de ménage.

— Je vois que tu as la tête ailleurs ces derniers temps, ma fille, comment vas-tu ? lui demande Aïssatou.

— Oui, je ne peux rien te cacher, vraiment… Je ne t'en ai pas encore parlé, mais depuis mon second rendez-vous chez Bilal, il s'est passé quelque chose dans ma vie.

— Tu vois, je t'avais dit, il fait des miracles Bilal, béni soit son nom.

— En fait, ce n'est pas exactement lié à lui, ou peut-être si en fait, je ne sais pas. J'ai rencontré un jeune homme Malien, qui est justement l'agent d'accueil de Bilal.

— Ah oui, je l'ai eu au téléphone et l'ai croisé une fois, un homme charmant.

— C'est vrai, tu l'apprécies ? On s'est revus quelques fois depuis, mais je ne sais pas trop où l'on va…

— Écoute, s'il est entré dans ta vie grâce à Bilal, tu peux lui faire entièrement confiance, crois-moi ma fille.

En rentrant dans son petit appartement, la jeune femme se demande encore si cette histoire la mènera quelque part. Une part d'elle ne peut s'empêcher de rester sur ses gardes, elle ne veut plus souffrir comme les dernières fois. Elle se détend en pensant à ce que lui a dit Aïssatou. Elle se raisonne pour essayer de faire confiance. Isabelle a un nouveau message sur son répondeur : Amadou lui propose un cinéma.

Ils se retrouvent le samedi suivant dans la petite salle obscure de l'Épée de Bois, devant un film d'art et d'essai canadien auquel ni l'un ni l'autre ne comprend grand-chose. Le jeune homme ne tente toujours pas la moindre approche. Isabelle brûle de faire le premier pas, mais elle se retient. Peut-être que pour une fois, cette histoire n'ira pas dans un mur ? Alors elle accepte de se mettre au tempo du Malien.

Le jeudi après la séance de cinéma, alors qu'elle s'apprête à terminer sa journée de travail, l'orthophoniste reçoit un appel d'un numéro inconnu :

— Isabelle, c'est Bilal, comment vas-tu ?

— Bien, bien, merci. Bonjour Bilal, bafouille l'orthophoniste, surprise de tomber sur le medium.

— Je t'appelle car les cauris m'ont parlé et je ne peux pas garder pour moi ce qu'ils m'ont révélé. Comment vas-tu depuis notre dernier entretien ? Des choses nouvelles se sont-elles passées dans ta vie ? As-tu bien pensé à répandre les ingrédients comme je te l'avais indiqué ? Les œufs ont-ils été brisés ? Les arachides données aux pigeons et le sucre à quelqu'un dans le besoin ?

— Euh, en fait je n'ai pas encore eu le temps, ment Isabelle.

La jeune femme pense au geste machinal qu'elle a eu après la dernière entrevue avec Bilal, elle a tout jeté dans la première poubelle venue.

— Ah tout s'explique, reprend le medium. Tu n'as pas suivi ce que je t'ai dit et c'est pour cela que tu es sur un mauvais chemin, heureusement que je veille sur toi et que je vais pouvoir t'aider.

— Mais de quoi me parlez-vous ? crie presque Isabelle, sa curiosité piquée malgré elle.

— Les cauris m'ont dit que tu commençais à fréquenter quelqu'un. Ils m'ont donné une indication sur le prénom. Un certain Mamadou ou Amadou. Cette personne n'est pas sincère. Elle mène une double vie et va abuser de toi. Ses paroles ne sont que mensonges. Si tu veux être heureuse, tu dois le quitter.

Isabelle se tait et fixe le bouquet de roses, qui sont sèches désormais. Un gouffre vient de s'ouvrir sous ses pieds.

ISABELLE – la vérité.

À quoi tient le destin ? Que ce serait-il passé si Isabelle avait gardé la révélation de Bilal pour elle seule ?

Après son appel, Isabelle n'a pas dormi de la nuit. Elle n'arrive pas à comprendre.

Amadou mène-t-il une double vie ? Se moque-t-il d'elle ? Ou est-ce le voyant qui raconte des bêtises ? Elle est perdue.

Isabelle décide de parler à la seule personne à qui elle peut raconter cette si étrange situation : Aïssatou. Alors qu'elles partagent un thé en ce vendredi soir, Isabelle confie enfin son trouble. La femme de ménage lui répond d'une voix rassurante :

— Tu sais, Amadou et Mamadou sont des prénoms très répandus au Mali et en Afrique de l'Ouest. N'as-tu pas de Mamadou ou d'Amadou dans tes patients par exemple ?

Isabelle secoue la tête. Elle ne connaît personne d'autre de ce nom-là. Les larmes lui montent aux yeux. Aïssatou prend la main d'Isabelle dans la sienne.

— Tu sais ce que ma mère me disait toujours quand elle revenait de chez des voyants au village ? « Il y a une différence entre connaître le chemin qui t'attend et emprunter ce chemin. »

— Hm, répond Isabelle, dubitative. Je ne vois pas très bien où tu veux en venir...

Aïssatou sourit avant de reprendre :

— Tu ne peux pas le comprendre encore, mais peut-être, pour que ton avenir puisse s'écrire, fallait-il que Bilal te dise ce qu'il t'a dit pour te permettre d'agir. Que te dit ton cœur en ce moment ?

Isabelle observe les volutes dessinées par la fumée de son thé. Elle boit une gorgée, ferme les yeux et répond d'une traite :

— D'aller voir Amadou et de lui faire cracher ses quatre vérités. Et de lui faire entendre que quoi qu'il ait à me dire, je préfère connaître la vérité maintenant, que de la découvrir plus tard.

En rentrant chez elle après la discussion avec Aïssatou, Isabelle est bouleversée. Elle repense à ses deux histoires sérieuses qui ont fini en fiasco. Cette fois-ci, elle pensait sincèrement que ce début d'histoire avec Amadou était plus prometteur. Le fait que le Malien prenne son temps, qu'il semble si prévenant, le fait qu'il soit si différent aussi. Isabelle a placé plus d'espoir en eux qu'elle ne l'aurait cru, elle le réalise en cette veille de week-end. Elle s'est attachée à Amadou. Elle se prépare une énième boisson chaude qui ne parvient pas à la calmer. Elle fait les cent pas dans son appartement, elle essaie de fixer son attention sur des dossiers de patients qu'elle aurait pourtant à étudier. Elle n'y arrive pas.

Le soir, avant de se coucher, elle décroche son téléphone, et en restant la plus neutre possible, elle propose un nouveau rendez-vous à Amadou le lendemain, au café des Lilas.

Isabelle a pris soin d'être en avance pour le voir arriver. Elle l'attend à la même table que leur premier rendez-vous, sur la terrasse couverte. La jeune femme a appris de ses précédentes histoires que la vérité vaut toujours mieux que des espoirs infondés. Malgré le sourire qu'affiche Amadou en arrivant, elle trouve le courage de lui réserver un accueil glacial :
— Amadou, il faut qu'on parle.
Amadou s'assoit en silence. Il est interdit. Le regard fuyant, les mains serrées, les épaules voûtées ; tout a changé en Isabelle, il ne l'a jamais vue aussi fermée. La Française continue :
— Bilal m'a parlé de toi. Il m'a dit...
Tout le corps d'Amadou se raidit : « Va-t-elle me quitter car je suis dans l'illégalité ? » Il regarde la tasse de café sur la table et laisse Isabelle continuer.
— Je te le demande franchement : as-tu des choses à me dire ? Mènes-tu une double vie entre ici et le Mali ? Ou même ici à Paris ? De quoi qu'il retourne, je ne te demande qu'une chose : la vérité !
Amadou essaie de se détendre. Ses mains tremblantes trahissent son trouble. Il inspire avant de répondre :
— Je ne suis pas sûr de comprendre de quoi tu parles. Que t'a dit Bilal exactement ?

Isabelle soupire. Elle boit une gorgée de café et, sans quitter un instant sa tasse des yeux, elle lui fait le récit détaillé de leur conversation téléphonique.

— Isabelle, je te le promets sur le Saint Coran et sur tout ce qui m'est cher, il n'en est rien. Je ne sais pas si Bilal a inventé cela, mais ce n'est pas de moi dont il s'agit !

Isabelle se tait. Elle lève la tête pour observer Amadou. Il ne cille pas et la regarde droit dans les yeux. Le tremblement de ses mains a cessé. Peut-elle faire confiance à cet homme sorti de nulle part ?

— Je suppose que ce n'est pas facile de me croire sur parole, mais il le faut, je t'en supplie. Et tu sais, concernant Bilal, maintenant je comprends mieux certaines de ses allusions. Je ne veux pas dire du mal de lui, car il m'a tendu la main quand j'en avais besoin il y a trois mois. Je me demande quand même s'il n'obtient pas des faveurs en échange de son don. Peut-être voulait-il simplement se rapprocher de toi ?

Isabelle reste silencieuse. Elle ne sait que répondre, tout se bouscule dans sa tête. Son cœur lui crie d'écouter Amadou, mais elle repense à toutes ses expériences passées. « Jamais deux sans trois », elle ne veut pas retomber dans le piège d'un beau-parleur.

Amadou prend sa main dans les siennes. La jeune femme se laisse faire et le Malien trouve là l'énergie de se lancer :

— Isabelle, car tu me demandes d'être sincère, je vais l'être. Je te promets que je ne te mens pas. Tu es la seule et unique femme qui occupe mon cœur et mes pensées. Par contre, ma vie n'est pas aussi simple qu'il y paraît. Je pensais t'en parler plus tard, mais tu as besoin de savoir si tu peux me faire confiance, je vais donc essayer de te le prouver...

Pour la première fois de sa vie, Amadou confie son histoire à une personne qui n'est pas malienne. Pour la première fois de sa vie, Amadou ouvre entièrement son cœur.

Amadou raconte son départ pour Dakar, la trahison de son père, le retour à Bamako, l'envie d'ailleurs. Paris, Vancouver, la maladie de sa mère. La terrible expulsion pour le Mali, le retour à Bamako et son dernier départ pour Paris.

Plus d'une heure passe et Amadou ne s'arrête pas de parler. Isabelle pleure en l'écoutant. Elle reconnaît le ton, les silences, les inflexions dans sa voix. Isabelle entend l'honnêteté d'Amadou. Elle reconnaît sa douleur et sa solitude aussi.

Elle sait que personne ne peut inventer une histoire pareille, et moins encore pour se dédouaner de quoi que ce soit. Isabelle pleure de la confiance que lui témoigne Amadou. Et c'est ce soir-là qu'elle décide à son tour de lui faire confiance.

Sur la terrasse couverte du café des Lilas, Isabelle décide de ne plus douter et de ne plus avoir peur.

X

Paris – La lumière.

Ce samedi soir au café des Lilas fut le point de bascule de mon existence. À partir de cette longue discussion, la précarité ne fut plus l'unique maîtresse de mon destin.

Ce soir-là, Isabelle et moi partageâmes notre première nuit d'intimité, dans son petit appartement. Nous eûmes la sensation commune que nos corps se connaissaient depuis toujours.
Par la suite, Isabelle fit preuve d'un courage admirable. Je le compris, elle avait été touchée au plus profond d'elle-même par mes confidences. Elle me le confirma en ces termes : si j'avais été capable de lui confier un tel secret, elle pouvait me faire entièrement confiance. Je m'étais montré vulnérable face à elle et, à son tour, elle s'autorisa à partager les parts d'ombre de son être. Ses blessures de petite fille, quand elle pensait qu'il fallait toujours jouer un rôle pour être aimée, et quand elle cherchait sans cesse la validation d'une autorité extérieure. Ses blessures de jeune femme aussi, quand elle donnait sans concession à des hommes qui ne savaient que prendre.

Je le réalisai en quelques jours : parler ainsi à cœur ouvert dès le début de notre relation nous permit de ne pas tomber dans le piège de l'amour narcissique. Puisque nos blessures profondes étaient évoquées, nous ne voudrions plus inconsciemment faire porter à l'autre le devoir de nous rendre heureux ou l'obligation de nous sauver. Chacun de nous pouvait cheminer sereinement vers une meilleure version de lui-même.

Un lien privilégié se créait entre nous. Je le compris en quelques jours : nous étions en train de devenir un réel couple.

Petit, notamment grâce à mes discussions avec Maman, j'avais été élevé dans l'envie de fonder un couple, puis une famille, basés sur l'amour et le respect. Mais après avoir été témoin des tromperies de mon père à Dakar, je n'avais plus osé y croire. Les fois où j'y avais songé sérieusement, ou quand j'avais essayé de fréquenter la cousine de Flani, m'était revenue en tête cette triste idée : à quoi bon s'engager si c'est pour faire souffrir la personne qu'on est censé aimer le plus sur Terre. Même après la réconciliation inespérée avec mon père, rien ni personne ne m'avait permis de croire le contraire.

Je le réalise aujourd'hui, ce raisonnement était candide, mais j'étais incapable de m'en détacher. J'avais, je pense, reçu un amour trop fort pendant toute mon enfance, offert sans compter par Maman puis par ma grand-mère Dad'dy, pour accepter par la suite que l'amour puisse être autre chose qu'absolu.

Avec la présence d'Isabelle dans ma vie, je fis volte-face : la lumière de notre amour naissant était en train de vaincre des années de ténèbres.

Un samedi, je lui dévoilai quel était mon quotidien, sans fard ni honte. Isabelle m'accompagna chez ma logeuse Porte de la Villette et elle rencontra Bouba à L'étoile du Nord. Je lui racontai aussi de quelle manière Bilal m'avait embauché.

Je fus surpris par la discussion qu'elle engagea au lit le soir-même, quand nous nous retrouvâmes après l'intimité. Elle s'était adossée à la tête de lit et son visage affichait un air sérieux :

— Amadou, ton quotidien n'est vraiment pas à la hauteur de ta personne.

— Peut-être. Mais c'est le lot de bien des Africains ici, en France. Bien indépendamment de la valeur de chacun.

— Écoute, j'y ai réfléchi depuis que tu m'as parlé au café des Lilas : je souhaite que tu viennes vivre ici, avec moi.

Elle avait dit cela calmement, en me regardant droit dans les yeux, sans ciller. J'étais aussi surpris qu'ému par sa proposition :

— Je, je... Je ne sais pas quoi dire. Je ne souhaite pas que notre histoire soit précipitée en raison de ma situation précaire. Tu le sais, j'espère de tout mon cœur que nous pourrons cheminer longtemps ensemble, notre vie entière même. Mais je ne veux pas que mon passé te pousse à te transformer en sauveuse.

— Tu peux voir les choses ainsi si tu en as envie. Moi je les vois différemment : je souhaite simplement que nous passions plus de temps ensemble. Et surtout, j'aimerais que ton quotidien soit moins difficile.

Nous continuâmes la discussion et nous nous mîmes d'accord pour en reparler quelques semaines plus tard. Même si je préférais largement dormir dans les bras d'Isabelle que dans mon lit superposé Porte de la Villette, je ne voulais en aucun cas que les décisions de la première femme que j'aimais soient guidées par la pitié.

C'est finalement quatre mois après avoir rencontré Isabelle que je m'installai dans son appartement, rue du Surmelin. C'était un minuscule deux-pièces au cinquième étage, donnant sur une cour arborée. Certains auraient trouvé qu'un couple aurait pu y être à l'étroit, ce fut pour moi un réel luxe.

Notre vie commune se déroulait sans obstacle insurmontable. Je ne comprenais pas toutes les réactions d'Isabelle ; elle se permettait parfois des conseils ou des réflexions qu'aucune Malienne n'aurait osé émettre et qui parfois me vexaient, mais jamais elle ne me manquait sciemment de respect. Quelles qu'aient pu être les difficultés sociales auxquelles j'avais fait face, elle me considérait d'égal à égal. Je n'avais jamais senti autant de considération de la part d'une personne française depuis mon premier départ de Bamako, cinq années plus tôt. Pour ma part, les dernières années m'avaient appris que, dans bien des situations, l'attente était la meilleure des attitudes. L'impulsivité de ma jeunesse avait laissé place à la patience.

Bien sûr, il nous fallut des ajustements. Nous eûmes d'innombrables discussions. Mais nous réussîmes à créer un pont entre nos deux cultures, nos deux façons de considérer le monde, nos deux manières d'être au quotidien. Nous créâmes une troisième voie, notre propre voie.

Quoi qu'il puisse arriver, toujours nous parlions. Si des orages éclataient de temps en temps, toujours les mots et le respect mutuel nous permettaient de les dépasser.

À cette même période, je quittai mon emploi chez Bilal. Par respect pour la main qu'il m'avait tendue quand j'en avais eu le plus besoin, j'avais décidé de ne pas lui demander de comptes sur ce qu'il avait dit à Isabelle.

Était-il sincère en disant vouloir l'aider ? Voulait-il arriver à des fins intimes avec elle ? Je n'eus pas le fin mot de l'histoire, mais le doute était en moi et je ne voulais plus travailler avec lui.

J'enchaînai à nouveau les contrats dans la sécurité.

Un mois après avoir commencé à vivre à ses côtés, Isabelle me surprit plus encore.

Un dimanche, alors que nous partagions notre café du matin dans notre petit salon, elle aborda un sujet auquel je ne m'étais pas encore autorisé à penser :

— Tu sais, Amadou, j'ai réfléchi. Je souhaite que nous pensions au mariage.

Aborder ouvertement cette question me surprit de tout mon être. Mon cœur se mit à battre à vive allure. Je ne pus que garder le silence. Elle dut lire l'effarement sur mon visage, car elle reprit :

— Je sais que ce n'est pas conventionnel d'en parler ainsi. Je suppose qu'au Mali ce sont plutôt les hommes qui prennent les devants à ce sujet.

Aucun mot ne pouvait sortir de ma bouche, je me contentai de hocher la tête en fixant ma tasse de café. Isabelle continua :

— On sait tous les deux dans quelle précarité tu vis. Je ne veux pas vivre dans la peur de te voir embarqué par la police. Nous savons aussi tous les deux quels sont nos sentiments…

Elle prit ma main dans les siennes. Je me détendis un peu et soupirai.

— Disons que ta situation ne fait qu'accélérer le mouvement.

J'inspirai profondément et levai les yeux vers elle. Isabelle paraissait à la fois décidée et sereine. Je me permis de réaliser les paroles qu'elle venait de prononcer et souris timidement. Son visage s'illumina. Elle semblait sûre d'elle.

— Je ne sais comment te remercier pour ces mots et pour cette si belle confiance. Ce que tu dis me touche tant. Mais c'est aussi très engageant. Il nous faut prendre le temps d'y réfléchir posément.

Isabelle approuva de la tête.

— Au Mali, on dit que le mariage unit non seulement deux personnes mais aussi deux familles. Avant toute chose, je souhaiterais rencontrer tes parents, et aussi que tu fasses connaissance avec les miens par téléphone…

Isabelle organisa la rencontre avec ses parents trois semaines plus tard. Vivant à Bordeaux, ils étaient de passage dans la capitale pour une exposition. Nous avions organisé le rendez-vous au café Les Belles Plantes, niché au cœur du Jardin des Plantes.

Isabelle et moi étions arrivés avant l'heure prévue. Le serveur nous avait installés à une table près des baies vitrées qui donnaient sur une jardinière de palmiers nains. Isabelle remarqua ce clin d'œil exotique qui la fit sourire. Elle avait prévenu sa sœur Fanny, qui nous rejoignit alors que les parents venaient d'arriver.

La rencontre se passa moins mal que je l'avais redouté. C'était la première fois que je me trouvais dans une telle situation. Je ne connaissais pas les codes des familles françaises et j'étais extrêmement anxieux. Je ne voulais pas décevoir Isabelle ni ruiner la suite de notre relation.

Ses parents étaient deux enseignants d'histoire à la retraite. Ils étaient ouverts d'esprit, m'avait affirmé Isabelle. De culture chrétienne, même si peu pratiquants, ils m'interrogèrent assez ouvertement sur les us et coutumes du Mali et sur mes habitudes religieuses. Ils semblèrent rassurés de les savoir modérées. Ils me posèrent quelques questions sur ma famille et sur mon activité à Paris. Je parlai avec entrain de mes parents et d'Aya, mais je restai assez vague sur mon travail, en disant simplement je travaillais dans la sécurité en attendant de finir mes études. Ils m'écoutèrent poliment mais ne rebondirent jamais sur ce que je disais. Je ne parvins pas à savoir s'ils s'intéressaient réellement à moi.

On échangea ensuite sur l'ouverture annuelle des Serres du Jardin des Plantes. Passionnés tous les deux par les fleurs et le jardinage, c'était la raison pour laquelle ils avaient fait le déplacement depuis Bordeaux. Isabelle et Fanny animèrent une bonne partie de la suite de la discussion.

Je restai assez réservé pour ma part. Dans un tel contexte au Mali, on ne prenait la parole que si elle nous était donnée.

Le surlendemain, nous eûmes un long appel téléphonique avec mes parents. Étant donné que j'étais parti du Mali depuis plusieurs années, ils s'étaient préparés à l'idée d'avoir une belle-fille d'une autre nationalité que la leur. J'avais déjà parlé d'Isabelle à

Maman. Je lui avais raconté comment elle avait réagi quand je lui avais fait part de mon histoire et elle avait un a priori positif à son égard.

    L'appel fut gai. Isabelle dut répondre à toutes les questions que mon père lui posa sur sa famille, sur son travail et sur sa vie à Paris. Il semblait s'intéresser sincèrement à elle et je fus touché par cette attitude. Maman se contenta d'approuver ou de compléter les dires de mon père.

    Le jour suivant, j'eus Maman à nouveau au téléphone en tête-à-tête. Elle me confirma la bonne impression qu'elle avait à propos d'Isabelle et couvrit notre couple de bénédictions.

    Isabelle m'apprit quelques jours plus tard que ses parents quant à eux s'interrogeaient sur notre relation. S'ils avaient été prévenus qu'ils allaient rencontrer le chéri d'Isabelle, ils ne s'attendaient pas à ce qu'il vienne d'un autre continent et moins encore à ce qu'il soit musulman. Ils lui avaient dit clairement : la différence de culture et de religion les effrayait.

    Isabelle me dit en avoir longuement parlé avec sa sœur. Elle souhaitait tout de même que nous nous mariions et, si ces parents n'étaient pas d'accord avec ce projet quand elle leur annoncerait, la cérémonie se déroulerait en petit comité.

    Pendant ces premiers mois de notre relation, Isabelle n'avait cessé de me montrer sa force de caractère. Par amour pour moi, elle dut donc tenir tête à ses parents.

Nous en parlions beaucoup, et je lui exprimais que je ne trouvais pas la situation idéale. J'essayais de partager avec Isabelle ma propre expérience : j'avais payé très cher le conflit avec mon père et je ne voulais pas qu'elle souffre tant à son tour. Mais Isabelle était sûre d'elle. Elle voulait s'affranchir de la place de petite fille à laquelle ses parents la ramenaient sans cesse. S'ils ne savaient pas voir la femme qu'elle était devenue, c'étaient eux qui perdraient au change.

Un an jour pour jour après notre discussion fondatrice du café des Lilas, nous nous mariâmes à la mairie du vingtième arrondissement de Paris, avec Fanny et Bouba pour seuls témoins. Nous avions ensuite organisé un petit dîner festif dans un restaurant malien, où nous avions invité la famille de Fanny, ainsi que Bouba et sa femme Khadija. Tous s'entendirent mieux que nous avions osé l'espérer. Nous réussîmes à partager avec nos proches une soirée à l'image de notre amour, où nos deux cultures se respectaient, et où chacun partageait le meilleur de soi. Nous n'avions aucune prétention avant ce dîner, mais cette soirée fut au-delà de nos espérances.

Grâce à notre mariage, je régularisai enfin ma situation administrative. Je pus travailler en mon nom propre et, surtout, reprendre mes études. À la rentrée suivante, je m'inscrivis en Licence de Droit par correspondance. Plus de six années après avoir interrompu mes études à Bamako, mon souhait se réalisait enfin.

Un autre rêve allait ensuite s'accomplir : trois ans après notre mariage, arriva le miracle que je n'avais plus osé espérer pendant mes douloureuses pérégrinations. Non seulement il permit à mon épouse de renouer avec ses propres parents, mais il allait surtout m'apporter le plus grand bonheur du monde : Isabelle fit de moi un papa.

Épilogue

Mes chers fils,

J'ai pensé mille fois vous dire ces mots, mille fois j'ai reculé.

Vous avez 14 et 16 ans. À cette époque où les crises et l'incertitude sont notre quotidien, je fais le vœu que les valeurs et les actes soient les seules mesures de l'humanité de chacun, indépendamment d'une couleur de peau, d'une religion ou même d'un sexe ou d'un passeport.

Puissiez-vous rayonner de toute votre humanité et aller avec sérénité vers votre destin.

Ce récit vous y aidera : c'est mon histoire et c'est le début de la vôtre.

Remerciements

Merci à toi Mohamed de m'avoir soufflé l'idée de ce récit avec ton inspirant parcours. Merci pour tes conseils et ton écoute. Ce récit, c'est une plume pour nos deux âmes, rien n'aurait été possible sans toi. Merci de me tenir la main chaque jour.
Merci Yann et Jérémie, nos étoiles, pour votre énergie du quotidien.

Merci Aline pour tes si précieux retours.
Merci vous toutes et tous, mes bienveillants bêta-lecteurs : Alex, Ginette, Jacques, Karima, Laetitia, Laurent, Manu, Nath et Rachida.
Merci Frédérique Anne de m'avoir accompagnée dans ce projet.

Merci les sœurs du Coven Parenthèse pour m'avoir mise sur le chemin de l'autoédition.
Merci Fanny-Lou pour ton travail sur la couverture.
Merci Elsa Baudot pour la correction si efficace.

Enfin, merci à vous chères lectrices et chers lecteurs, pour votre confiance !

Le mot de la fin

Le livre que vous venez de lire est un livre autoédité.
Le rôle de chaque lecteur est primordial.

Vous souhaitez soutenir l'autrice ? Pensez à laisser un commentaire sur les plateformes d'évaluation (Fnac, Amazon, Babelio, Booknode,…), même si vous n'y avez pas acheté ce livre.
Ce geste sera important car ce sera l'une des rares manières de faire connaître ce roman.

Vos retours de lecture sont précieux !
Vous pouvez également échanger avec l'autrice via son blog ou ses réseaux sociaux.

**Retrouvez les actualités d'Aurélie sur
www.curieusevoyageuse.com**

et sur
facebook.com/curieusevoyageuse
twitter.com/curieusevoyage
instagram.com/curieusevoyageuse

Sommaire

Prologue 7

I 9
- *Bamako – les faveurs.* 9
- *Gao – l'enfant gâté.* 15
- *Bamako – les apprentissages.* 21
- *Bamako – les associations.* 35

II 49
- *Dakar – la découverte.* 49
- *Dakar – le choc.* 59
- *Dakar – la déflagration.* 69

III 89
- *Bamako – la langueur.* 89
- *Bamako – la rencontre.* 103
- *Bamako – l'envie.* 113

IV 119
- *Bamako – le visa.* 119
- *Paris – la réalité.* 133
- *Paris – la honte.* 139

V 147
- *Vancouver – la chance.* 147
- *Vancouver – l'espoir.* 157
- *Vancouver – l'appel.* 169
- *ISABELLE – les pensées.* 173

VI **177**

    Paris – la décision. *177*

    Paris – la roulette russe. *183*

    Bamako – le désarroi. *189*

VII **199**

    Bamako – la raison. *199*

    Bamako – la foi. *209*

VIII **217**

    ISABELLE – le medium. *217*

    Paris – la nécessité. *223*

    Paris – les questions. *235*

    Paris – la surprise. *243*

IX **247**

    ISABELLE – le trouble. *247*

    ISABELLE – les yeux. *257*

    ISABELLE – les mensonges. *263*

    ISABELLE – la vérité. *269*

X **275**

    Paris – La lumière. *275*

    Épilogue *287*

    Remerciements *289*

    Le mot de la fin *291*